Erotische Herrschaft und Unterwerfung Bd. 4

Erika Sanders

Serie

Herrschaft und erotische Unterwerfung

Titelbild: © krivitskiy- Pixabay, 2025

Erstausgabe: 2025

Zusammenfassung

Dieser Band enthält vier inhaltliche romantische und erotische BDSM-Titel.

- Besser ein Dreier 2:

Eine Kollegin von Samys Arbeit flirtet mit ihr und der sexuelle Geschmack von jedem kommt heraus.

Samy gesteht ihm, dass sie einmal einen Dreier mit ihrem Ehemann, dann ihrem Freund und seinem besten Freund hatte.

Er gesteht ihr, dass er Anal mag.

Aber die beiden sagen sich, dass es eine Schande ist, Kollegen zu sein, aber zwischen ihnen kann nichts passieren.

Oder wenn?

- Sandys Wunsch:

Sandy ist eine Frau mit Kindern, die mit dem Vergnügen, das ihr Mann ihr im Bett bereitet, nicht zufrieden sind.

Deshalb hat sie einen Liebhaber, der ihr gibt, was sie braucht, aber diesmal wird ihr Wunsch anders sein ...

- Dominante Ehefrau:

In einer normalen und langweiligen Ehe hat der Ehemann eine Fantasie darüber, wie es wäre, wenn seine Frau im Bett dominant wäre.

Eines Tages nutzt er eine Frage von ihr, um zu versuchen, seine Fantasie zu erfüllen und seine Frau dazu zu bringen, die Kontrolle über Sex zu übernehmen.

Oder war es ein Fehler mit Konsequenzen, die Sie nicht vorhersehen konnten?

Oder war es eine gute Entscheidung ...?

- **Voraussetzungen, um eine gute Sekretärin zu sein (Interracial)**:

Gloria ist eine junge Brünette, die dringend einen Job sucht, damit sie das Haus ihrer Eltern verlassen und bezahlen kann, was sie braucht.

Herr Anderson sucht eine Sekretärin, die seine einzigartigen und anspruchsvollen Anforderungen erfüllt.

Kann Gloria Mr. Andersons Anforderungen akzeptieren und eine gute Sekretärin sein?

Besser ein Dreier 2, Sandys Wunsch, Dominante Ehefrau und **Anforderungen an eine gute Sekretärin (Interracial)** sind Geschichten mit stark erotischem BDSM-Inhalt und gehören wiederum zur Erotic Domination-Sammlung, einer Reihe von Romanen mit hohem BDSM-Gehalt.

(Alle Charaktere sind 18 Jahre oder älter)

Anmerkung zum Autorin:

Erika Sanders ist eine international bekannte Schriftstellerin, die in mehr als zwanzig Sprachen übersetzt wurde und ihre erotischsten Schriften, weit entfernt von ihrer üblichen Prosa, mit ihrem Mädchennamen signiert.

Index:

EROTISCHE HERRSCHAFT UND UNTERWERFUNG BD. 4
ERIKA SANDERS

BESSER EIN DREIER 2

KAPITEL 1

Er hatte eine Weile mit Samy bei der Arbeit geflirtet.

Ich dachte immer, ich könnte eines der Mädchen sein, die bei der Arbeit spielen würden, aber nichts würde jemals passieren.

Es war ein langweiliger Arbeitstag und wie immer endete das Gesprächsthema mit Sex.

Wir hatten ein freches Fetischgespräch und sie erzählte mir, wie sie einen Dreier mit ihrem Ehemann Peter und einem anderen Jungen, einem Freund ihres Ehemanns, hatte, als sie noch zusammen waren.

Sie machte mehrere sexuelle Gesichter, als sie sagte, dass sie es liebte, gleichzeitig durch beide Löcher geschoben zu werden.

Er war sich nicht sicher, ob sie lügte oder nur frech war.

Ich scherzte, dass ich wünschte, wir würden nicht zusammenarbeiten, weil wir vielleicht eine solche Aktion hätten durchführen können.

Sie stimmte zu und sagte ja, das war eine Schande.

Zwei Wochen später, am Ende des Jobs, gingen wir alle in eine Kneipe, um etwas zu trinken.

Nach dem vierten Drink zeigten die Leute Anzeichen eines kleinen Kater.

Plötzlich fingen zwei der Mädchen an zu kämpfen.

Es endete alles sehr schnell, aber es hatte die Atmosphäre der Gruppe zerstört und die meisten Leute wollten bereits getrennte Wege gehen oder nach Hause gehen.

Samy drehte sich zu mir und sagte:

"Du wirst nicht gehen, oder?"

Ich hatte eine gute Zeit und wollte noch ein paar Drinks, also sagte ich:

"Du wirst mich nicht so leicht loswerden!"

Ich ging zur Bar und bestellte noch ein paar Schüsse Rum und Tequila.

Als ich mit den Getränken zurückkam, begann Samy über die astronomischen Kosten der Getränke zu sprechen.

Es war teuer, aber an solchen Orten nichts Ungewöhnliches.

Also sagte ich es ihm und wies darauf hin, dass ich umsonst viel Aufhebens mache.

Er schlug mich auf die Brust und sagte:

"Lass uns das beenden und zu meinem Haus gehen. Ich habe einen Kühlschrank voller Dinge zu trinken und sie sind bereits bezahlt."

Ich konnte sehen, dass er einen schelmischen Ausdruck auf seinem Gesicht hatte, aber ich wusste nicht, wohin er damit wollte.

Ich ging direkt und fragte:

"Warum? Wenn du denkst, was ich denke, dass du denkst, ist es wahrscheinlich keine gute Idee."

Sie fühlte sich verachtet und sah mich mit gerunzelter Stirn an:

"Reifer Junge! Ich biete dir ein kostenloses Getränk an, du Idiot!"

Ich fühlte mich wie ein komplettes Arschloch.

Ich entschuldigte mich bei ihr und ihr Gesicht leuchtete sofort auf.

Er sagte mir, es sei egal, aber das Getränk sei noch im Verkauf.

Ich hatte wirklich keine Wahl.

Ich fühlte mich sehr schuldig.

Wir tranken unsere Getränke aus und suchten ein Taxi.

Im hinteren Teil des Taxis hätte ich fast erwartet, dass sie etwas von meinem betrunkenen Flirt erliegen würde, aber sie blieb an ihrer Seite der Kabine und es schien, als hätte ich wirklich die falsche Vorstellung davon, was passieren würde.

KAPITEL 2

Wir kamen zu seinem Haus und Peter öffnete die Tür, bevor wir sie öffnen konnten.

Aus seinen Worten geht hervor, dass er sie einige Male zuvor so gesehen hatte.

„Du bist früh zurückgekommen", sagte er zu ihr. „Hat sie sich betrunken und musst du sie zur Tür ihres Hauses begleiten?" Er sagte zu mir.

Samy schnappte ihn spielerisch an:

"Nein! Nicht dieses Mal ha ha ha!"

Wir erzählten ihm, was passiert war und er holte drei Biere aus dem Kühlschrank.

Samy sagte, sie würde ihre Schuhe ausziehen und Jeans anziehen, die zu eng waren, als dass sie darauf sitzen könnte.

Und Peter und ich haben angefangen über Fußball zu reden.

Zwei Minuten später kam Samy mit einem Paar oberschenkelhohen Lederstiefeln und einem Lächeln zurück ins Zimmer.

Ich sah Peter an und er lachte nur und sagte:

"Nun, das habe ich nicht erwartet!"

Ich konnte ihre Reaktion wirklich nicht verstehen.

Ich hätte wütend oder verlegen sein sollen oder etwas anderes.

Es schien, als hätte sich die Situation gerade geändert und es würde eine Sexszene geben.

Am Ende war Samy ein schamloser.

OH MEIN GOTT!

Ich sah Samy an und sagte:

"Was tun Sie?"

Sie lächelte mich nur an und kniete sich vor Peter, knöpfte seine Hose auf, als wäre ich nicht mal da.

Sie zog seinen Schwanz heraus, der schon überraschend groß und steinhart war.

Er drehte sich um und sah mich mit seinem Schwanz in der Hand an und sagte:

"Erinnerst du dich, dass ich dir gesagt habe, dass ich diesen Dreier gemacht habe? Nun ist deine Chance mitzumachen, wenn du willst. Du magst Anal, oder?"

Dann drehte sie sich um und nahm die volle Länge von Peters riesigem Schwanz in ihren Mund.

Sie hörte nicht auf.

Ihr war nicht übel.

Sie schluckte es tief vor mir.

Ihr Hintern sah fantastisch aus, als sie ihren Kopf über den fetten Schwanz ihres Mannes bewegte.

In diesem Moment habe ich mich entschieden.

Ich stand auf, um meine Jeans aufzuknöpfen, als sie anhielt und mich mit einem schelmischen Lächeln ansah:

"Oh, das klingt nach einer guten Idee, oder?"

Ich schenkte ihm ein breites, nervöses Lächeln und zuckte die Achseln:

"Nun, seit ich hier bin ..."

Er stand auf und sah Peter an, bevor er verkündete:

"Wir gehen besser nach oben" und sie verließ den Raum und ging die Treppe hinauf.

Ich sah Peter an, um sicherzugehen, dass er mit all dem einverstanden war.

Er konnte die Besorgnis in meinem Gesicht sehen und lächelte nur:

"Es ist großartig, wenn sie so ist. Sie ist die schmutzigste Schlampe, die deine Frau sein soll. Komm schon."

Und damit nickte er mir zu, ich solle ihm folgen und ich ging auch mit ihm hinauf.

KAPITEL 3

Als wir dort ankamen, lag Samy bereits auf dem Rücken auf dem Bett, die Beine gespreizt, die Absätze auf dem Bettzeug.

Als er mich mit seinem Zeigefinger anrief, sagte er leise:

"Komm und schau wie nass ich bin."

Noch einmal sah ich Peter zur Bestätigung an und er lachte, als er sein Hemd aufknöpfte:

"Ich auch, dass du dich schnell entscheiden würdest. Du wirst sie nicht wieder so sehen wie heute Nacht."

Ich muss ungläubig ausgesehen haben, als er hinzufügte:

"Sie wartet auf dich!"

Ich muss verrückt ausgesehen haben, wie schnell ich mich ausgezogen habe.

Ich warf alles auf den Boden und kroch zu der schönen Muschi, die in Sicht war und auf mich wartete.

Nach mehreren Küssen sah ich auf, um zu sehen, ob Samy die begeisterte Aufmerksamkeit genoss, die er auf ihre Muschi legte, aber Peter hatte seine Eier im Hals.

Ich beschloss, einen kleinen Bissen von ihren saftigen Lippen zu nehmen.

Ich konnte sehen, wie sich ihr Gesicht vor Überraschung verzog und sie stöhnte ein wenig.

Zumindest wusste sie, dass es da war.

Peter zog seinen großen Schwanz aus seinem Mund und Samy hielt den Atem an, bevor er die Seiten meines Kopfes packte, um meinen Mund näher an ihren zu bringen.

Dann gab sie mir einen großen feuchten Kuss.

Ihr Mund war voller Speichel, weil sie an Peters riesigem Glied gesaugt hatte.

Er zog sich von meinem Gesicht zurück und sah mich an:

"Willst du etwas extremeres ausprobieren?"

"Ich habe den Eindruck, dass es ein bisschen pervers war!" Ich antwortete.

Samy lachte und drehte mir den Rücken zu.

Sie griff hinter mich und zog ein Stück Seil, das in einer Schlaufe gebunden war, und legte es um mein Handgelenk.

Ich sah sie halb neugierig an, halb lächelnd, als sie die andere Seite erreichte und dasselbe mit meiner anderen Puppe tat.

Er beugte sich vor, um mich wieder zu küssen, und ich bemerkte nicht, dass seine Hände nach etwas unter dem Kissen griffen und an einem Stück Seil zerrten, das meine Arme in die oberen Ecken des Bettes brachte.

Dann trat sie vor und schob ihre Muschi über mein Gesicht.

Ich bekam die Nachricht sofort und fing an, ihre nassen, durchnässten Lippen zu lecken.

Sie packte meinen Hinterkopf und rieb ihre Muschi an meinem Gesicht.

Ich fühlte, wie mein Schwanz hinter sie griff und anfing, ihn zu wichsen.

Ihre Hand war feucht von ihrer Fotze oder von ihrem Mund.

Es gleitet gekonnt an meinem Schwanz auf und ab und verschlingt ihn.

Ich sah in Samys Gesicht und sie lächelte wie eine Cheshire-Katze.

Aber ich konnte beide Hände sehen, die meinen Kopf in ihre Muschi schoben, und ich konnte immer noch das warme, erregte Gefühl an meinem Schwanz spüren.

Mir wurde sofort klar, dass Peter für meine Erregung am Schwanz verantwortlich war.

Ich fing an zu kämpfen, merkte aber, dass Samy mich absichtlich mit ihrer feuchten Muschi würgte.

Ich hätte schwören können, dass ihre Muschi durch meinen Kampf noch nasser wurde.

Er sprach laut mit Peter:

"Ich denke er mag es, Schatz."

Sie sah mich an:

"Du magst Blowjobs, nicht wahr?" dann lachte er fast wahnsinnig.

Ich konnte fühlen, wie das Saugen immer schneller wurde und trotz meines Kampfes, mich zu befreien, war sich mein Schwanz meiner Sorgen nicht bewusst und war steinhart.

Peter stieg von meinem Schwanz und ich konnte fühlen, wie er etwas um meine Knöchel legte.

Gleichzeitig wandte sich Samy von meinem Gesicht ab und sagte:

"Das war nicht fair, oder? Du wusstest nicht, dass ich das tun würde. Lass mich dich jetzt absaugen", und damit drehte er sich um, um auf meinem Gesicht und auf mir zu hocken.

Sein Mund war heiß und feucht.

Ich begann mich ein wenig zu entspannen, als sie sich wieder neu positionierte.

Sie manövrierte ihren Körper so, dass ihr Arsch vor mir war und an meinem Schwanz saugte.

Sein Gesicht schaukelte auf meinem Schwanz auf und ab.

Peter stellte sich am Fußende des Bettes auf und Samy hob ihren Hintern, um seinen massiven Schwanz zu treffen.

Er packte sie an den Hüften und vergrub sich tief in ihr.

Ihr Mund wanderte bis zum Boden meines Schwanzes und als Peters Eier anfingen, ein Ohrfeigen gegen ihre Muschi zu machen, fing sie an, die Basis meines Schwanzes zu beißen.

Seine Zunge saugte immer noch an dem Mitglied.

Das gab mir seltsame Hitze, aber ich mochte das Gefühl seiner Zähne, die sich fast wie ein Penisring verhielten und meinen Schwanz zur Anspannung zwangen.

Ich sah Peter an und stellte fest, dass er nicht angenommen hatte, dass er meinen Schwanz lutschte.

Es war nicht der Moment.

Zu diesem Zeitpunkt waren die Dinge zu einer akzeptableren Situation zurückgekehrt.

Mit leiser Stimme sagte sie: "Lauter!" und sein Stoß wurde hektischer.

Er beugte sich vor und hielt Samys Kopf an meinem Schwanz, als er anfing sie zu schlagen.

Ich konnte sehen, wie sie stöhnte und würgte und sie wurde stärker, als sie die Basis meines Schwanzes mit ihren Zähnen packte.

Peter zog sich plötzlich zurück und Samy hob ihren Kopf, schnappte nach Luft und würgte an ihrem eigenen Speichel.

Er kroch zu mir und küsste mich mit seinem feuchten, klebrigen Mund.

Ich konnte fühlen, wie sie ihre feuchte Muschi an meinem Glied auf und ab schob, bevor sie meinen Schwanz packte, um ihn in sie zu schieben.

Ihre Muschi fühlte sich an, als stünde etwas in Flammen.

Sie lehnte sich zurück und fing an meinen Schwanz zu reiten.

Sie lächelte mich an und fragte:

"Hat dir der Geschmack meiner Muschi gefallen?"

Ich nickte und lächelte zurück.

Aus dem Augenwinkel sah ich, wie Peter von der Seite kam, auf das Bett kletterte und sich auf meine Brust setzte.

Ich wollte protestieren, war aber zu fest gefesselt.

"Hör auf, das würde ich nicht tun. Ich bin kein schwuler Junge!"

Peter lachte und brachte seinen Schwanz zu meinem Gesicht.

Ich versuchte meinen Kopf zu drehen, konnte aber nicht genug Kraft bekommen.

Peter schob seinen harten Schwanz in meinen Mund.

Er konnte den Saft von Samys Fotze überall schmecken.

Ich versuchte es mit meiner Zunge herauszuhebeln, aber Peter hatte angefangen, sein Gewicht hinter meinen Schwanz zu legen, um mein Gesicht zu ficken.

Peter steckte seinen Schwanz immer mehr in meinen Mund und ich konnte ihn sagen hören:

"Das macht dich nicht schwul. Es bedeutet nur, dass du teilnimmst. Wir werden es niemandem erzählen, oder, Schatz?"

Samy schnappte nach Luft und ritt immer härter auf meinem Schwanz:

"Nein, ich werde es niemandem im Büro erzählen!"

Peter verstärkte:

"Es sind nur wir. Und ich habe zuerst deinen Schwanz gelutscht."

Etwas in mir gab nach.

Meine Hemmungen verschwanden und ich entschied, dass es nutzlos war zu kämpfen und sowieso zu spät.

Ich fing an, seinen Schwanz zu lutschen.

Sofort reagiert:

"Das ist es. Oh verdammt ja, lutsch es!"

Samy reagierte ebenfalls.

Er stieg von meinem Schwanz und sagte zu Peter:

"Fick mich nochmal. Diesmal in sein Gesicht."

Er kletterte auf mein Gesicht und legte seine Hände an die Wand auf dem Bett.

Als ihre Muschi nahe genug kam, begann ich meine Zunge in Richtung ihres Kitzlers zu bewegen.

Peter positionierte sich hinter ihr neu, aber anstatt seinen Schwanz in ihre Muschi zu stecken, steckte er ihn wieder in meinen Mund.

Diesmal habe ich nicht gewartet.

Ich saugte es so fest ich konnte.

Er wartete nicht lange, bevor er es herauszog und tief in Samy vergrub.

Sie schnappte nach Luft:

"Ich möchte, dass ihr mich beide zum Laufen bringt!"

Peter antwortete mit rhythmisch hüpfenden Hüften.

Seine Eier schlugen gegen ihre Schamlippen.

Ich leckte aufgeregt ihre Muschi und begann zu spüren, wie ihre Muschi anschwoll.

Er wusste, was das bedeutete.

Sie fing an zu schreien, als ihr Orgasmus näher kam.

"Stärker! Fick euch beide, während ich abspritze!"

Peter fing an gegen sie zu krachen und Samy fing an zu schreien.

Ihr Orgasmus traf sie wie ein rasender Zug.

Sie kam mir zum Zeitpunkt der tiefen Streicheleinheiten von Peters Schwanz über das ganze Gesicht.

Trotz Samys Geräuschen hörte ich Peter laut stöhnen und merkte, dass er auch kommen würde.

Sein Widerstand begann im Moment zu schwinden.

Der Lärm verstummte.

Samys Körper begann sich zu entspannen und Peter zog langsam seinen geschwollenen Schwanz aus Samys Muschi.

Als ich das tat, bat mich Samy:

"Iss meine Muschi, lass mich wieder abspritzen!"

Als Peters Schwanz endlich ihre Muschi verließ und ich gerade wieder an ihrem Kitzler saugen wollte, tropfte Peters mächtige weiße Ladung über meinen Mund und meine Zunge.

Samy nahm mein Missfallen vorweg, drückte mein Gesicht und sagte:

"Geh nicht zurück! Es ist mein Lieblingsteil."

Ich versuchte den salzigen Geschmack seines Spermas zu ignorieren und Samys Muschi weiter zu lecken, als ich wieder Peters Mund an meinem Schwanz spürte.

Ich saugte hart und es führte dazu, dass mein Mund plötzlich härter an Samys saftig benutzter Muschi arbeitete.

Sie begann wieder zu mahlen und Widerstand zu leisten.

Ihr Orgasmus wuchs und meiner auch.

Peter würde mich kommen lassen.

Als dieser Gedanke mich überflutete, spürte ich die vertraute Flutwelle meines nahenden Orgasmus.

Samy fing an zu schreien, als ihr Orgasmus sie überflutete.

Das spornte mich an, dasselbe zu tun.

Ich fühlte die Freisetzung meines Samens in Peters Mund ohne Schuldgefühle.

Ich war mir sicher, dass er viel mehr Kontrolle über diese Situation hatte als ich.

Er saugte gierig an meinem Schwanz, bis ich fertig war.

Samy keuchte jetzt schwer, als Peter aufstand und sie küsste.

Ich erkannte, dass ihr Mund voll von meinem Sperma war, das jetzt auch zwischen ihren Titten und ihrem Bauch lief.

Und was folgte, war unvermeidlich.

Mein Gesicht war zwischen ihren Schenkeln gefangen, als mein eigenes Sperma zu meinen Lippen lief.

Samy zog sich von meinem Gesicht zurück und beugte sich vor, um mich tief zu küssen.

Der Kuss schmeckte nach ihrer Muschi und auch nach Peters und meinem Sperma.

Sie setzte sich und seufzte tief:

"Das hat Spaß gemacht, oder?"

Ich lachte nervös und sagte:

"Nun, so etwas habe ich noch nie gemacht. Kannst du mich jetzt losbinden?"

Ein breites Lächeln auf meinem Gesicht.

Samy lachte:

"Nein. Wir sind noch lange nicht mit dir fertig", sagte er mit einem Lächeln voller Vorfreude, das mich überwältigte.

KAPITEL 4

Peter drehte sich um und lächelte sie an, als er sich bückte und einen leuchtend roten Knebel aus der Schublade holte.

Peter nahm den Knebel mit einem Ball in der Mitte und sagte:

"Wenn dir das gefallen hat, warte, bis die extremeren Dinge beginnen ..."

Mein Blick muss eine Kreuzung zwischen verwirrt und verzweifelt gewesen sein, als Samy mich ansah, als würde er einen Welpen machen, der zum ersten Mal seine Stimme hört.

"Oh ... schau ihm ins Gesicht. Er hat keine Ahnung, was los ist."

Sie sprach mit süßer Stimme zu mir:

"Wir haben hier ein Kind. Es wird dir gut gehen. Du lässt einfach die großen Jungs spielen und wir bringen dir bei, wie man spielt, während wir weitergehen."

Er sagte dies, gefolgt von einem fast manischen Lachen.

Ich versuchte es richtig zu machen, aber ich fing an in Panik zu geraten.

Sie hatten bereits eine offensichtliche Missachtung der Grenzen gezeigt, die sie haben konnten.

Und sie hatten auch gezeigt, dass sie wissen, wie man Seile benutzt!

Samy nahm den Knebel aus Peters Hand und setzte sich auf mich.

Er brachte den Knebel zu meinem Gesicht und sprach mit leiser Stimme:

"Mach dir keine Sorgen. Wir werden dir sagen, was passieren wird, bevor wir etwas tun. Es macht alles so viel Spaß und wir werden alle beim Frühstück darüber lachen."

Ich fühlte mich ein wenig entspannt und als Antwort auf Samys Geste öffnete ich meinen Mund für den Knebel.

Samy sah mich wieder an und fragte im gleichen Ton, als ob Sie jemanden fragen, ob er eine Tasse Tee möchte:

"Willst du sehen, wie ich meinen Arsch mit dem Saft aus meiner Muschi fülle?"

Ich machte ein gurgelndes Geräusch, als ich nickte und ich bin sicher, dass Sie ein Lächeln auf meinem Gesicht um den Knebel herum sehen konnten.

Sie rollte sich herum und stieg mit ihrer saftigen Muschi und ihrem Arsch auf alle viere, nur Zentimeter von meinem Gesicht entfernt.

Er griff unter ihre feuchte Muschi und rieb sie, bis seine Hand mit ihren dicken Säften bedeckt war.

Dann fuhr sie mit der Hand über ihren Arsch und schmierte den Saft über ihren engen Arsch.

Nur ein paar Streicheleinheiten und sie fing bereits an, einen Finger in ihn zu schieben.

Erst seinen Mittelfinger und dann zwei.

Und sie gingen mit jedem Treffer tiefer.

Sie senkte ihren Mund über meinen schlaffen Schwanz und schob ihn in ihren Mund.

Sie saugte nicht daran, sondern umfasste den Kopf mit ihren Lippen, damit sie mit ihrer freien Hand nach ihrer Muschi greifen konnte.

Innerhalb von Sekunden hatte sie drei Finger in ihrer Muschi und die gleichen drei Finger von der anderen Hand in ihrem Arsch und sie stöhnte an meinem Schwanz, der auf wundersame Weise zu reagieren begann.

Als sie das Gefühl hatte, dass ich wieder hart wurde, sah sie Peter an.

Ich hatte fast vergessen, dass es da war.

Ich hörte sie spielerisch fragen:

"Oh Schatz, er wacht wieder auf. Was ist mit dir?"

"Du weißt, ich kann nicht widerstehen, dich zu sehen, wenn du diesen süßen kleinen Arsch berührst!" er antwortete.

Samy sah mich an:

"Willst du sehen, wie er meinen Arsch mit seinem Schwanz fickt?"

Wieder war alles, was ich schaffen konnte, ein ersticktes Stöhnen und ein Nicken.

Peter stand auf dem Bett auf und ohne dass Samy sich überhaupt bewegte, außer dass er seine Finger aus seinem jetzt leicht geöffneten Arsch zog, stellte er sich auf meinen Kopf und vergrub seinen großen Schwanz in dem Loch, das auf Samy wartete.

Sie schnappte nach Luft und stöhnte gleichzeitig.

Er zog sich langsam zurück und begann sie rhythmisch zu ficken.

Sein Mund kehrte zu meinem Schwanz zurück, aber diesmal war sein Stöhnen konstant.

Das machte meinen Schwanz so hart, als wäre ich noch nie gekommen.

Ich hätte nicht gedacht, dass das möglich ist.

Samy versuchte zwischen ihrem lauten Stöhnen mit mir zu sprechen:

"Du hast gesagt ... ... du mochtest Anal ... ... willst du ... ... etwas von meinem engen ... ... Arsch auf deinem Schwanz ...?"

Diesmal sagte ich nichts, nur einen Blick der Zustimmung und ein Nicken.

Als Reaktion auf die Tatsache, dass sein "Zug" vorbei war, schlug Peter ihn hart und zog sich zurück.

Sein Hintern klaffte kurz bevor er sich schloss.

Samy kroch über das Bett und rollte sich herum.

Er sah mich an, als er meinen Schwanz in seinen Arsch führte.

Ich erwartete, dass es nach den Schlägen, die Peter ihm gegeben hatte, weniger eng werden würde, aber es war wie ein Schraubstock an meinem Schwanz.

Sie drückte den ganzen Weg, bis ich sie bis zur Basis meines Schwanzes füllte.

"Fühlt es sich für dich genauso gut an wie für mich?"

Ich konnte nur nicken, als sie sich um die Basis meines Schwanzes bewegte.

Samy griff nach unten und rieb ihren Kitzler.

Ich konnte hören, wie nass sie war.

Sie hielt Augenkontakt mit mir, als sie ihre jetzt durchnässte Hand hob und ihre eigenen Säfte probierte.

Sie begann langsam meinen Schwanz zu bewegen.

Nicht auf und ab, sondern eine kreisende Bewegung.

Peter war aus dem Bett gestiegen und hinter Samy manövriert.

Er packte sie an den Haaren und zwang ihr Gesicht zu meinem.

Ich konnte nicht sagen, was los war, aber ich bemerkte, als Samys Arsch unglaublich angespannt zu werden schien und sein Gesicht die Spannung von Peters Schwanz zeigte, der seinen Weg mit meinem erzwang.

Er fragte leise: "Geht es dir gut, Baby?" und sie nickte vage.

Er begann langsam seinen Schwanz in und aus ihrem Arsch zu streicheln. Ich konnte fühlen, wie es auch an meinem Mitglied entlang glitt.

Die rhythmische Bewegung fühlte sich unglaublich an.

Samy lehnte sich gegen meinen Nacken, als Peters Schlag härter wurde und mich auf die Schulter biss, als er ein pochendes Niveau erreichte.

Samy rieb sich wieder die Muschi und ihr Stöhnen wurde immer lauter.

Sie begann sich zu wehren und ich konnte fühlen, wie Peters Schwanz herauskam, als Samys Körper unter der Welle des Orgasmus die Kontrolle verlor.

Sie hob ihren Körper von meinem Schwanz und legte dann ihr ganzes Gewicht auf mich.

Ich konnte sie in mein Ohr flüstern hören: "Also magst du Anal?"

Sie hob den Kopf, um mich anzusehen und ich versuchte, um den Knebel herum zu lächeln, als sie nickte.

Sie lächelte ihn an und lehnte sich zurück, um weiter zu flüstern:

"Ich erinnere mich, dass du gesagt hast, du hättest eine Freundin, die ihren Finger in deinen Arsch gesteckt hat. Ich erinnere mich auch, dass du gesagt hast, es sei dir egal. Frecher Junge! Soll ich den Saft von deinem Schwanz saugen, während ich deinen Arsch fingere?"

Er konnte nicht glauben, was er hörte.

Er hatte es genossen, als er es zuvor getan hatte.

Ich hatte sogar für einige Zeit heimlich einen Butt Plug für den persönlichen Gebrauch gekauft, aber ich kann mich nicht erinnern, Samy davon erzählt zu haben.

Das Flirten im Büro muss ein paar Mal zu anderen Problemen geführt haben, als sie nicht aufgepasst hat.

Mein Blick war genug für Samy.

"Mach dir keine Sorgen, ich nehme es als 'Ja'."

Sie schob ihren Körper schwer über meinen.

Sie muss immer noch die Auswirkungen ihres Orgasmus gespürt haben.

Er stieg auf meinen Schwanz und sah Peter an.

"Schatz, gib mir etwas Schmiermittel."

Er machte keine einzige Geste, als er eine Flasche Schmiermittel von der Kommode hob und etwas auf Samys wartende Hand goss.

Es fühlte sich warm an, als er alles über meinen Arsch schmierte.

Samy sah Peter nicht einmal an, als er sagte:

"Schatz, könntest du ihre Beine für mich heben?"

Sie waren immer noch in den Knoten gebunden, als ich mich zum ersten Mal hinlegte.

Wieder tat Peter, was ihm gesagt wurde, ohne mangelnde Gelassenheit.

Er griff unter das Bett und, so wie es sich anhört, ließ er die Seile los, die meine Knöchel hielten, und packte beide, eines an jedem Ende eines Besenstiels.

Dann griff er nach der langen Stange, die meine Beine auseinander hielt.

Ich hob meine Beine mit ihr, um die Stange an einem Stück Seil zu befestigen, das an einem Haken an der Decke befestigt war, den ich vorher noch nicht bemerkt hatte.

Jetzt lag er mit gefesselten Händen und weit geöffneten Beinen auf dem Rücken.

Samy schrie fast, als er ausrief:

"Oh ja! Das wird so viel einfacher!"

Er fing an, das Gleitmittel auf meinen Anus zu schmieren und beugte sich vor, um meinen Schwanz zu lecken.

Es fühlte sich so gut an, seinen heißen Mund an meinem Schwanz zu haben, als sein Finger langsam tiefer und tiefer in meinen Arsch legte.

Ich konnte nicht sicher sein, aber ich denke, sie sah mich glücklich an, als sie verkündete, dass ihr Finger vollständig in war,

"Ich werde zwei versuchen!"

Er drückte einen zweiten Finger und ich war überrascht festzustellen, dass es nicht nur weh tat oder unangenehm war, sondern nur die Intensität meines Vergnügens erhöhte.

Vielleicht hatte ich meinen eigenen Butt Connector mehr benutzt als ich dachte.

Ich konnte Samy wieder stöhnen hören und merkte, dass sie ihre Augen geschlossen hatte.

Ich sah Samy an und konnte sehen, dass Peter wieder einen guten Platz hinter ihr gefunden hatte.

Er bewegte sich langsam in sie hinein und aus ihr heraus.

Ich konnte nicht sagen, in welchem Loch es war, aber aufgrund von Samys Stöhnen vermutete ich, dass es an ihrem Arsch lag.

Sein Stoß wurde härter auf meinen Hintern, aber das Gefühl verbesserte sich dabei.

Ich stöhnte, als sie mich ansah, meinen Schwanz aus ihrem Mund zog und nach Luft schnappte:

"Es sind schon drei Finger! Schmutziger Junge. Vielleicht wäre ein Dildo besser für dich. Er ist wahrscheinlich nicht einmal so groß wie drei Finger. Lass es uns versuchen!"

Er war nicht in der Lage zu protestieren.

Buchstäblich!

Ohne eine Pause zu machen, lehnte sich Peter hinter sich auf die Kommodenschublade, öffnete sie und holte einen langen Latexdildo heraus.

Es war nicht sehr dick, aber es war eindeutig ein Doppeldildo.

Samy beruhigte mich schnell:

"Mach dir keine Sorgen, ich werde nicht alles in dich stecken."

Sie schmierte mehr Schmiermittel auf meinen Arsch und schob es ohne weiteres Zögern in mich hinein.

Samy fickte meinen Arsch mit einem Dildo und es fühlte sich wie im Himmel an.

Er saugte nicht einmal an meinem Schwanz und es fühlte sich immer noch wie im Himmel an.

Ich stöhnte laut, als ich sie sagen hörte:

"OMG, du bist sechs Zoll groß, böser Junge!"

Ich konnte es nicht glauben, aber ich konnte die langen Bewegungen des Dildos in und aus meinem Arsch spüren.

Dann zog sie es heraus, schob Peter von sich weg, stand auf und verkündete:

"Ich habe eine Idee!"

Peter sah verwirrt aus, als sie auf Zehenspitzen stand und ihm etwas ins Ohr flüsterte.

Ein breites Lächeln erschien auf seinem Gesicht.

Ich fühlte eine Welle der Angst.

Diese beiden hatten heute Abend viel geplant und jetzt kam er sogar spielerisch für sie heraus.

Samy ging zurück zu der Schublade, aus der der Dildo gekommen war, und zog einen Verband heraus.

Er brachte es mir und setzte sich neben mich auf das Bett.

"Ich möchte Ihre Sinne übernehmen lassen. Indem Sie Ihre Augen von Ihnen mit verbundenen Augen abwenden, wird Ihr Gefühlssinn Sie in die Umlaufbahn bringen! Vertrauen Sie mir."

Ich habe es nicht getan.

Er legte mir die Augenbinde an und ich hob meinen Kopf, so dass der Riemen zurückblieb.

Jede Faser des gesunden Menschenverstandes, die ich hatte, sagte mir, ich solle protestieren, aber mein Körper schrie mich an, ich solle es einfach akzeptieren.

Samy bewegte sich wieder und ich versuchte zu erkennen, was passierte, als ich fühlte, wie Samy meinen Schwanz leckte.

Es wurde bestätigt, als ich sie fragen hörte:

"Ist das nicht besser?"

Ich stöhnte ein zustimmendes Geräusch und sie gab mir eifrig einen schlampigen Blowjob.

Ich fühlte seine Hand um meinen Arsch und seine Finger tasteten mein Loch ab.

Sie konnte Peter nicht hören, aber sie konnte fühlen, wie sich das Gewicht des Bettes verlagerte und einer von ihnen sich über sie verlagerte.

Samy hörte auf meinen Schwanz zu lutschen und ich konnte einen von ihnen nahe an meinem exponierten Hintern fühlen.

"Wenn dir der Dildo gefallen hat ...", sagte Samy.

Ein paar Sekunden vergingen, als ich spürte, wie mein Arsch rieb, bevor ich merkte, was los war.

Peter fing an, seinen großen Schwanz in mich zu schieben.

Er hatte es aus der Nähe gesehen und Samys Arsch zerstört.

Er wollte sie aufhalten, aber er war wie ein Truthahn gefesselt, hatte die Augen verbunden und kämpfte gegen ein überwältigendes Gefühl der Freude.

Mein Körper war im Himmel, während meine Psyche versuchte, sich von der ganzen Situation zu lösen.

Sein Schwanz war breiter als der Dildo und er begann sich in einen Rhythmus zu versetzen, als Samy sprach:

"Entspann dich einfach. Du weißt, es fühlt sich gut an. Lass mich deinen Schwanz lutschen, während er dich fickt und ich wette, es wird sich so gut anfühlen, dass" du in kürzester Zeit abspritzen wirst! "

Und sie tat es.

Sie saugte meinen Schwanz mit großer Begeisterung, als sie es fühlte.

Die ersten Schmerzen eines bevorstehenden Orgasmus kamen zu mir.

Die Verwirrung in meinem Kopf war wie ein Strudel von richtig, falsch, schwul, hetero, tabu und Vergnügen.

Ich würde mit einem Männerschwanz in meinem Arsch abspritzen.

Und ich würde es genießen.

Ob es mir gefallen hat oder nicht.

Peters Schwanz bewegte sich jetzt so hart und schnell, dass ich spürte, wie seine Eier mich trafen und er mit jedem Schlag bis zum Griff sank.

Samy hatte auch seine Geschwindigkeit erhöht.

Ich kam näher.

Ich konnte fühlen, wie mein Körper anfing zu taumeln, als ich stöhnte und als sie es beide hörten, legten sie beide einen Gang hoch.

Peter stöhnte, während er meinen Anus wild fickte.

Samy stöhnte an meinem Schwanz.

Zweifellos rieb sie wütend ihre Muschi.

Mein Körper zitterte stark und ich verschmolz in diesem Moment mit mir selbst, als ich den besten Orgasmus meines Lebens hatte.

Mein Arsch und mein Schwanz waren gleichzeitig die Epizentren des Orgasmus, der mich traf.

Samy zog ihren Mund fester um meinen Schwanz und ich feuerte meine zweite Ladung der Nacht ab.

Als sich meine Wahrnehmung meiner Umgebung neu orientierte, spürte ich, wie Peter langsam von meinem Hintern rutschte.

Samy bewegte sich um meinen Kopf, um den Knebel zu entfernen.

Als es aus meinem Mund kam, wollte ich schwer nach Luft schnappen, aber ich konnte es dort fühlen, als ich versuchte, mich zu küssen.

Ich öffnete meinen Mund und seine Zunge drang zusammen mit einem Schluck meines eigenen Samens in meinen Mund ein.

Ich weiß nicht, was ich tun soll.

Sie hielt ihren Mund noch einen Moment geschlossen, bevor sie ihren Kopf hob und ich spürte, wie mein Sperma über mein Gesicht lief.

Ein Moment der Stille folgte.

Samy sprach zuerst mit Peter:

"Bist du gekommen? Auf seinen Arsch? Oh Baby! Das ist das erste Mal."

Und dann zu mir:

"Ich wette, du bist noch nie gekommen, während du dir den Arsch gefickt hast, oder?"

Ich hatte es nicht einmal bemerkt.

In meiner eigenen Begeisterung war Peters Lauf eine Nebenschau gewesen, von der ich nicht einmal wusste.

Ich spürte eine Bewegung und bemerkte, dass Peter meine Beine aushakte.

Samy war umgezogen, um meine Handgelenke zu lösen.

Dabei nahm ich die Augenbinde ab.

Es dauerte eine Sekunde, bis sich meine Augen angepasst hatten.

Sie lächelten beide.

Ich hatte endlich die Gelegenheit zu sprechen:

"Ihr zwei seid verrückt!"

Meine Worte wurden durch meine Unfähigkeit verraten, ein Lächeln auf meinem Gesicht zu behalten.

Samy antwortete als erster:

"Diese Geschichte hat eine Moral. Sagen Sie nicht 'Nein', wenn es besser wäre, 'Ja' zu sagen.

Peter lachte:

"Was für eine philosophische Scheiße ist das?"

"Ich weiß nicht. Ich habe es gerade erfunden."

Samy sah mich an und sagte:

"Die Handtücher stehen dort im Regal" und zeigten auf die Badezimmertür.

Sie sah Peter an:

"Eine Tasse Tee?" und ich lächle.

Peter antwortete einfach:

"Es ist in Ordnung".

KAPITEL 5

Ich duschte und versuchte meine Gedanken zu sammeln.

Als ich mich abtrocknete und anzog, ging ich nach unten und fand die beiden in der Küche.

Mein Tee auf der Theke.

"Wir haben ein Taxi für Sie bestellt. Es sollte in zehn Minuten hier sein." Sagte Peter

In zehn Minuten kam das Taxi an.

Sie wünschten mir eine gute Nacht, als wäre ich gerade auf eine Tasse Tee gekommen.

Samy zwinkerte mir zu und ich stieg ins Taxi.

Das war mein erster Dreier mit einem Partner.

ENDE

SANDYS WUNSCH

"Ich werde heute Abend im üblichen Hotelzimmer auf dich warten, ich brauche dich."

Sandy legt den Hörer auf und erwartet nervös ihre große Nacht.

Sie hat noch nie mit einem anderen Liebhaber so mutige Schritte unternommen.

Obwohl anspruchsvoll und hungrig wie ein Wolf, hat kein Mann ihre tiefsten Leidenschaften berührt wie dieser Liebhaber.

Und wenn sie ihm zu seiner Freude versuchsweise davon erzählt, ist er dafür empfänglich.

Seine Gedanken wurden wild.

Kann dieser Liebhaber ihr wirklich geben, wonach sie sich sehnt?

In seiner täglichen Routine ist Sam ein mächtiger und erfolgreicher Mann, ein Mann, der in seiner Welt jeder innehält, um ihm zuzuhören.

Und in ihrer Welt ist Sandy eine ruhige verheiratete Mutter in einem Vorort, die ebenfalls gehört wird, aber nur von kleinen Kindern.

Sie will Kontrolle und Respekt fast so stark, wie er möchte, dass sich jemand um ihn kümmert.

Jemand, der Verantwortung übernimmt.

Jemand, der den Druck lindert, immer verantwortlich zu sein.

***

Sandy steht vor der Tür des Hotelzimmers und weiß, dass er drinnen auf sie wartet.

Nervös klopft sie an die Tür.

Sie fasst ihren Mut zusammen und erinnert sich an ihre Fantasien. Sie spielt ihre Rolle ein bisschen.

"Öffne jetzt die Tür oder ich gehe nach Hause."

Sam lächelt, als er die Stimme seines Geliebten hört, die ihn befiehlt.

Sie können fast das musikalische Lachen hören, das den größten Teil ihrer Rede begleitet, wenn Sie wissen, dass er sie in ihrem Leben im Allgemeinen zum Lachen bringt, und dies ist insbesondere eine Abwechslung für sie, sodass sie vor Freude explodieren muss.

Wenn sich die Tür öffnet, vermeidet sie ein Lächeln.

Er lächelt sie an und seine Augen durchbohren ihre in einem unfreiwilligen Versuch, um die Kontrolle über die Situation zu kämpfen.

"Nicht heute Nacht, Sam. Nicht heute Nacht. Ich bin heute Nacht verantwortlich, nicht du. Zieh alles aus und geh ins Bett. Verwöhne dich jetzt oder ich gehe."

Sandy spricht diese Worte mit zunehmendem Selbstvertrauen.

Seine Stimme schwingt fest mit.

Sandy steht mit fest auf dem Boden gepflanzten Füßen und sieht zu, wie er sich auszieht.

Jedes Kleidungsstück, das sie auszieht, zeigt etwas mehr von ihrem unglaublichen Körperbau.

BEEINDRUCKEND.

Wie sie es mag.

"Jetzt leg dich aufs Bett. Und beweg dich nicht, Sam, oder ich gehe. Ich meine es ernst."

Sandy klingt ernst und ruhig, ihre erste Übung in der Kontrolle und mit der Aufregung, die sich von Minute zu Minute aufbaut.

Er legt sich auf das Bett, seine Männlichkeit wächst im Moment faul langsam und bildet eine Linie senkrecht zu seinem liegenden Körper.

"Deine Augen auf mich. Schau mich an."

Sandy steht am Fußende des Bettes und hat ihren nackten Geliebten vor sich.

Während sehr langsam und absichtlich jedes Kleidungsstück entfernen.

Langsam zieht sie sein Hemd über seinen Kopf und bleibt vor ihm stehen.

Ihre Dekolleté ragt aus den schwarzen BH-Körbchen heraus und versucht fadenscheinig, ihre Brüste an Ort und Stelle zu halten.

Ihre schlanke Taille ist von einem schwarzen Korsett bedeckt, das vorne gebunden ist, um ihre Kurven hervorzuheben.

Langsam zieht sie ihren Rock Zoll für Zoll ab und zeigt einen winzigen Tanga mit schwarzen Perlen und zarten Schleifen, ebenfalls schwarz, an jeder Hüfte.

Sie dreht sich um, so dass er ihren Rücken ansieht, und öffnet langsam ihren BH, so dass ihre Brüste frei über ihrem Korsett schwingen, das aus ihrem provisorischen Gefängnis entlassen wurde.

Sandy seufzt vor Freude.

Mit dem Rücken zu seinem Geliebten dreht er den Kopf auf die Schulter und warnt ihn erneut:

"Nicht bewegen".

Sie dreht sich langsam um und zeigt ihm ihre üppigen Brüste. Sie trägt den BH in ihren Händen.

Er wirft ihn auf das Bett und fällt auf sein Knie.

Die Spitze des BHs kitzelt ihr Knie und sie beginnt sich zu bücken, um es zu entfernen.

Sandy sieht ihn streng an:

"Dies ist Ihre erste Warnung. Bewegen Sie sich nicht. Sie wissen sehr gut, was passieren wird, wenn Sie dies tun."

Während er sich bemüht, still zu bleiben, hat er das Gefühl, dass der BH ihn unbehaglich macht und sein Knie kitzelt.

Er ist sich seiner Gegenwart immer mehr bewusst.

Seine Haut kribbelt vor Verlangen zu kratzen.

Während sich ihre Blicke weiter treffen, zieht Sandy langsam die Krawatten an den Seiten ihres schwarzen Tangas und löst ihn.

In der Zwischenzeit fällt es zusammen mit den anderen Kleidungsstücken zu Boden.

Sandy steht jetzt bis auf das Korsett völlig nackt da und hebt langsam ihr linkes Knie vom Fußende des Bettes zur Matratze, um auf ihn zuzukriechen.

Sie hebt das andere Knie und liegt ihm zu Füßen.

Mit nach vorne gestreckten Händen schwankt ihr Körper leicht vor unkontrollierter Lust.

Sie balanciert auf ihren Knien und ahmt seinen Wunsch nach, seinen harten Schwanz zu reiten, während sie ihm lustvoll in die Augen schaut.

Sam liegt da, bereit, seine Hände an seinen Seiten zu halten und kämpft gegen den Drang, die Kontrolle über dieses schöne Sexkätzchen am Fuße seines Bettes zu übernehmen.

Er erinnert sich, wie lange sie darauf gewartet haben, diese Fantasie richtig zu erfüllen, und er möchte sie bis ins letzte Detail erfüllen.

Er windet sich ungeduldig und erinnert sich daran, dass er dieses köstliche Spiel ruinieren wird, wenn er sich bewegt.

Sein Schwanz bleibt ruhig und Sandy merkt, wie absolut schmackhaft er aussieht.

Er leckt sich suggestiv die Lippen, begegnet seinem Blick und bemerkt den Schweiß, der sich auf seiner Oberlippe bildet.

Als er sich bemüht, ihren Wünschen für diese Nacht zu folgen.

Sie bleibt stehen und merkt, dass ihr BH immer noch ihr Knie streift, weil sie weiß, dass das Material des Stoffes sie verrückt machen muss.

Zum Glück hebt sie ihn von ihrem Knie.

Aber dann lässt er den Netzstoff laufen und schnappt ihn langsam an ihrem Oberschenkel über ihre Leistengegend, streichelt leicht ihre Haut, bis er ihn schließlich hinter sich in den Stapel weggeworfener Kleidung am Fußende des Bettes wirft.

Sie schiebt ihren Körper anmutig und bringt ihren Mund nur Zentimeter von seinem entfernt.

Sie schaut auf ihre Lippen und weiß, dass dies der Mund ist, den sie mit roher Leidenschaft und solch einem Hunger küsst.

Sie weiß, dass er gegen ihre stärksten Wünsche ankämpft, nicht still zu bleiben und sie mit seinem Mund zu verschlingen.

Sie saß auf seiner Brust und stützte ihren Körper mit ihren starken Beinen, ihrer eifrigen kleinen Muschi und ihrer üppigen Hautbürste gegen ihren Oberkörper.

Sie setzt sich auf ihn und fragt ihn sanft:

"Möchtest du mich testen?"

Zitternd, wissend, dass sie die Macht für diese Nacht vollständig ausgetauscht haben, kann er nur nicken.

Als Antwort auf ihr Nicken fährt Sandy mit dem Mittelfinger über ihren tropfenden Schlitz und hebt sich leicht an, damit er sie ansehen kann.

Mit seinem Finger, der von seinen Säften glänzt, fährt er ihm unter die Nase, ohne seine Haut zu berühren.

"Kannst du mich riechen, Sam?"

Wieder nickt er.

"Möchtest du mich testen, Sam?"

Sandy nimmt ihre Rolle als Verantwortliche voll in Anspruch und genießt es, ihn zu verführen und zu ärgern, da sie weiß, dass sie am Ende der Nacht etwas völlig Neues erlebt haben werden.

Sandy berührt seine zitternde Oberlippe mit ihrem Finger und füttert ihn mit ihren Säften wie eine Oase in der Wüste.

Als er seinen Finger über ihre Lippen fährt, beugt sie sich vor, so dass ihre Brüste schwanken und dabei gegen seine Brust streichen.

Sie streckt die Zunge heraus, leckt nur ihre Lippen, teilt ihre Säfte, genießt ihre Lippen, hält sich davon ab, ihn zu verschlingen, und weiß, dass sie die Kontrolle verlieren wird, an der sie so hart gearbeitet hat, wenn er sie küsst.

Sandy spielt beim Spielen die Lippen fest und gewinnt schnell ihren leichten Verlust an Gelassenheit zurück.

Er steckt seinen Finger zwischen seine Zähne und leckt ihren Geruch.

Ihre und seine Augen sind nie getrennt und mit ihrem Blick haben sie sich schon tausendmal gegenseitig gefickt, bevor ihre Körperteile überhaupt zusammenlaufen.

Sein Hintern rutscht ein wenig über seinen Oberkörper und sein Hintern spielt mit seinem aufrechten Schwanz, während sich sein Gesäß um seine pochende Männlichkeit wickelt, die er nur schwer zwischen ihre Beine schieben kann.

Sie rutscht weiter zurück, ihre warme, warme Blume streift die Spitze seines harten Stabes, quält ihn und neckt ihn mit ihrer Wärme.

Sie rutscht über seine Beine, die er nur schwer halten kann, bis sein Mund seine massive Erektion erreicht.

Sandy schiebt langsam ihre Zungenspitze zwischen ihre Lippen und leckt ihren Kopf, aber sonst nichts.

Ihr Geliebter bemüht sich, tief in ihren Hals zu stoßen, aber sie weigert sich, seinem Wunsch nachzugeben, ihn zum Schweigen zu bringen.

Stattdessen quält sie ihn langsam, leckt nur wie eine Eistüte und genießt den abgerundeten Kopf seines Schwanzes.

"Willst du mehr, Sam?" Fragt Sandy süß.

"Uh huh", eine erwürgte Antwort kommt aus ihrem Hals.

"Du musst zeigen, was du willst. Zeig mir, was ich mit deinem Mund machen soll."

Als Sandy das sagt, schiebt sie ihren Körper von seinem Schwanz zu ihrem Mund, wo sie ihre tropfende Muschi neben ihren Mund pflanzt.

"Zeig mir, wie du gerne geleckt wirst. Ich muss lernen und nur du weißt, was du am meisten brauchst."

Sandy spreizt sich direkt über ihren Mund, greift mit beiden Händen nach der Seite ihres Kopfes und führt ihren Kopf nach vorne, um Mund und Muschi in direkten Kontakt zu bringen.

"Iss mich. Zeig mir, wie sehr du mich liebst."

Als sie ihm befiehlt, dies zu tun, senkt Sandy ihren Kopf und lehnt sich zurück auf ihre Arme, um ihre Muschi an seinen Mund zu bringen.

Sie wirft ihren Kopf in Ekstase zurück und stellt fest, dass ihr Geliebter ihr Rollenspiel wieder voll und ganz genießt, während er ihre Muschi hungrig macht und weiß, was, wenn Sie einen guten Job machen, die Belohnungen immens sein werden.

Er fuhr mit seiner Zunge über ihre Lippen, öffnete ihre Blume, saugte an ihrem Kitzler und fühlte sich abwechselnd unglaublicher in ihrem hungrigen Mund.

Er leckt sie weiter, bis seine Erregung über ihr Kinn läuft.

Er greift nach ihr, um ihre Hüften zu ergreifen, und sie zieht sich schnell zurück.

"Ich habe dir gesagt, du sollst dich nicht bewegen. Dies ist deine zweite Warnung."

Als sie schnell ihre Muschi aus seinem Mund zieht, beobachtet sie den verwirrten Ausdruck in den Augen ihres Geliebten.

Sandy kann nicht vollständig in der Rolle bleiben, beugt sich vor und leckt die Säfte zärtlich von seinem Gesicht, küsst seine Wangen und schaut ihm in die Augen, damit er versteht, dass sie das Spiel wirklich spielt, aber nichts wird sie wirklich davon abhalten er.

Nachdem sie seinen Mund geleckt hat, verliert die Erinnerung an seine eigene Erregung fast die Kontrolle.

Zitternd, um ihre Rolle zu behalten, dreht sie sich schnell wieder von ihm weg und steht vom Bett auf, um ihren dort liegenden Geliebten anzusehen, der auf seinen nächsten Schritt wartet.

Sein Schwanz leuchtet, wo sie seinen Kopf leckte, aber sie bemerkt einen kleinen Tropfen Precum, der von der Spitze drückt.

"Sam, du scheinst sehr aufgeregt zu sein. Kannst du mir davon erzählen?"

"Du machst mich verrückt, Sandy. Dies ist die süßeste Folter, die ich je gekannt habe."

"Nun, Sam, Geduld hat ihre Belohnungen und ich möchte, dass wir beide etwas lernen. Und ich bin nicht nah dran, mit dir fertig zu werden."

Während sie das sagt, steigt sie schnell vom Bett und beugt sich vor, um ihrem Geliebten einen Blick auf ihren wunderbar abgerundeten Arsch zu geben.

Er stöhnt lustvoll und weiß, dass er nur zuschauen muss.

Sie nimmt etwas aus ihrer Tasche und dreht sich mit einem kleinen Gegenstand um, aber offensichtlich mit geballter Faust, weil sie nicht bereit ist, ihn zu sehen.

"Schließ deine Augen", befiehlt er.

Jeder Teil ihrer Willenskraft wird auf die Probe gestellt, da die einzigen Einschränkungen und Verbote, die sie für dieses Rollenspiel anwenden, rein mental sind.

Er hat beschlossen, sich nicht zu bewegen oder die Augen zu öffnen, einfach weil Sandy darum gebeten hat.

Er spürt, wie sich ihr Körper neben seinem bewegt und die Matratze sich leicht bewegt, da sie sich neben ihn gesetzt haben muss.

Ihre kleine Hand berührt den Kopf seines Schwanzes, ihr Finger reibt das Precum um die Oberseite.

"Sam, es sieht so aus, als ob du bereit bist zu explodieren. Aber ich bin bereit dafür. Aber mach dir keine Sorgen und öffne deine Augen nicht und bewege dich nicht."

Die Stille ist ohrenbetäubend, denn das einzige Geräusch im Raum ist Ihr zunehmend mühsames Atmen.

Sandy packt seinen Schwanz mit einer Hand und mit der anderen schiebt sie etwas über seinen Kopf, einen kalten Metallring, der einen Schauer durch seinen Körper schickt und seinen Rücken zittern lässt.

Sie schiebt den Ring auf die Basis seines Schwanzes und ihr Puls zieht sich zusammen.

Sofort fühlt es sich stärker und stärker an und schwillt an.

"Öffne deine Augen."

Sein Geliebter öffnet die Augen und fängt einen Metallblitz und ein Lager an der Basis seiner riesigen Erektion auf.

"Ein Penisring, was?"

"Das ist mein Sicherheitsjoker, Sam. Ich habe viel mit dir zu tun und ich möchte nicht, dass dies endet, bevor wir anfangen. Kannst du es fühlen?"

"Ja, es ist eng."

"Es ist unangenehm?"

"Nein, nur anders."

Ihr Geliebter schluckt ein wenig nervös, weil er noch nie ein Spielzeug für Erwachsene benutzt hat.

"Das Lager soll mir Freude bereiten. Ich werde sehen, wie es sich anfühlt. Sei still."

Sandy genießt ihr Kontrollspiel und ihre Erregung beginnt ihren Höhepunkt zu erreichen.

Ihre heißen Säfte fließen frei, also muss sie ihn nur reiten, sich spreizen und auf ihn herabsteigen, der sie sofort mit seinem riesigen Schwanz füllt.

Sie beugt sich vor und lässt das Lager auf ihrem Kitzler rollen.

Ihr Körper erwärmt sofort das kalte Metall und drückt suggestiv gegen ihren magischen Punkt, während sie vorwärts schaukelt.

Sein Glied krümmt sich leicht, als sie sich in das Lager drückt.

Er packt ihre Handgelenke mit seinen kleinen Händen, obwohl jede Art von Immobilisierung nur symbolisch ist, da er sie leicht besiegen könnte.

In seinem Spiel geht es nicht wirklich um Macht.

Sie gibt einfach vor, der Angreifer zu sein, die siegreiche Heldin.

Mit einem listigen Augenzwinkern unausgesprochenen Verständnisses zwischen ihnen verstärkt sich ihr gegenseitiges Vergnügen.

"Das will ich, Sam. Kannst du mich fühlen? Kannst du fühlen, wie heiß du mich machst?"

Sandy beißt sich auf die Unterlippe, während sie fester drückt.

Die Wände ihrer Vagina ziehen sich zusammen und packen Sams Schwanz mit besitzergreifender Dominanz.

Sie steigt höher und drückt seinen Schwanz, als er spürt, wie der Penisring ihre Erregung einschränkt und es schwieriger macht.

Sam zuckt zusammen, als sein Instinkt darin besteht, seine Hüften wild in die Tiefen ihrer weiblichen Reize zu werfen.

Aber wenn er sich daran erinnert, dass er bereits zwei Warnungen hat, bemüht er sich, sich zu beherrschen.

Sandy rutscht auf die Spitze seines Schwanzes, nur mit ihrem Kopf in ihr und sitzt vollkommen still, bereit ihn freizulassen oder zu umgeben.

Der Moment der Spannung wird verlängert, wenn Sandy vollkommen still bleibt.

"Sam, genießt du das? Magst du, wie dein Geliebter spielt? Kannst du mir wieder folgen?"

Sandys spielerisches Necken erregt Sam, als er merkt, dass er die Grenze nur einmal überschreiten kann.

Anstatt ihr zu antworten, hebt er seine Hüften und versenkt sein pochendes Glied voller Männlichkeit in sie.

Das Penisringlager rollt über ihren Kitzler und er lächelt sie spielerisch an,

"Drei Warnungen schicken mich auf die Bank?"

Sandy zuckt für einen Moment zusammen, bereit, die Kontrolle zu behalten, und lächelt Sam an:

"Baseball-Analogie, was? Ich würde sagen, das ist ein übler Anruf. Wir gehen auf einen anderen Platz."

Sandy hält sich weiterhin in einer Art falschem Griff an Sams Handgelenk fest, als sie sich widerwillig von ihm zurückzieht.

Wenn man es betrachtet, verliert die Prämisse des Spiels plötzlich an Bedeutung.

Sie möchte, dass dieser Mann in sie eindringt und verliert manchmal ihre Willenskraft.

"Ich denke, ich muss mich beim Pitcher erkundigen", versichert Sandy und hält die Baseball-Analogie am Leben, beugt sich aber vor, um Sam zu küssen.

Sie drückt ihren Mund gegen seinen und stöhnt lustvoll, als das Rollenspiel schnell verfliegt.

Außer Atem zieht sie sich von ihm zurück.

"Fick mich schon. Das ist meine Bestellung, Sam."

Sam lächelt seinen Sandy an und atmet erleichtert auf.

"Mit oder ohne dieses Ding?"

Sam zeigt neugierig auf den Penisring.

"Damit, bis du kurz vor dem Höhepunkt bist, werde ich es dir abnehmen."

Sandy rollt sich auf den Rücken und spreizt ihre Beine mit einer verführerischen Einladung.

"Sam, denk dran, ich bin immer noch verantwortlich und ich möchte, dass du mich mit deinem Mund fickst."

"Mit Vergnügen, meine Geliebte. Mit Vergnügen. Jetzt sind Sie an der Reihe, still zu sein."

Als Sandy ihre Beine spreizt, steht Sam zwischen ihnen und geht hungrig mit ihrer Zunge zwischen ihnen auf und ab und spürt den Nektar. Gleiten Sie auf seiner Zunge und fließen Sie dankbar für seine Erregung.

Als er ihre offene Blume leckt und um sie herum auf und ab geht, stöhnt Sandy mit einer ursprünglichen Sehnsucht nach Begierde.

Sandy verliert sich in den Empfindungen von Sams Zunge und schwebt zu einem Ort, der weit von ihrem Hotelzimmer entfernt ist.

Sie umklammert seinen Kopf und lädt ihn schweigend ein, sich ihrer ekstatischen Reise anzuschließen.

Sam misst ihre Reaktionen und weiß, dass sie kurz vor dem Orgasmus steht.

Er rutscht über ihren Körper, sein Geschmack immer noch auf seinen Lippen.

Als er seinen Schwanz in sie steckt, küsst er ihn tief in ihren Mund.

Sam betritt es mit Leichtigkeit und spürt, wie ihn seine zitternden Wände umgeben.

Sie spürt seinen Ring an ihrem Kitzler, als Sam immer wieder stößt und ihr zeigt, dass es zwei, nicht einen braucht, um Liebe zu machen.

Sie beugt ihre Beine zurück, bis sie auf Sams Schultern ruhen und er sie vollständig durchdringt.

Ihr Körper ist voll von ihm, ihr Kitzler kitzelt sie und sie spürt jede Tiefe ihrer Weiblichkeit.

Sam verzehrt ihr Gesicht, ihren Hals und ihre Schultern mit seinen Küssen.

"Oh Sam"

Sam nimmt ihr Tempo wieder auf und weiß, dass Sandy dem Höhepunkt sehr nahe ist.

Sie beginnt sich zu rühren und er erinnert sich an die Prämisse der Nacht.

"Bist du bereit, meine Herrin?"

"Ich bin."

Sam bleibt einen Moment stehen und zieht sich von Sandy zurück.

Sie packt seinen Schwanz, gesättigt mit ihren Säften, und rollt den Penisring auf.

Die abgerundete Metallkugel zeichnet einen unsichtbaren Weg entlang seines Schwanzes.

Sie hält den funkelnden Ring in ihrer Handfläche und lächelt über das Symbol ihrer gegenseitigen Ekstase.

Sandy nimmt den Ring an den Mund und leckt den Umfang, ohne ihren Blick von Sams Augen zu nehmen.

Sie hält den Ring zwischen ihren Zähnen und beugt sich zu Sam, während er ihn von ihren Zähnen zieht, nur um ihn auf das Bett zu werfen.

"Du bist so schön, dass nichts mich davon abhalten kann, in jeder Hinsicht in dir sein zu wollen."

"Nimm mich, mein Geliebter."

Ohne weitere Worte stößt Sam seine wütende Erektion in Sandys hungrige Öffnung.

Sie begrüßt ihn mit einem praktisch willkommenen Schrei.

Wiederholt schubst er sie wild, immer und immer wieder.

Sandy stöhnt mit unkontrollierbarer Leidenschaft.

"Mmmmmmmmmmmm, Sam. Oh Baby. So, so, lauter, soiiiiiiii."

"Oh Baby Sandy, ich liebe dich so sehr."

"Komm schon Sam, härter."

Sam macht eine kurze Pause und zieht sich aus Sandys Hitze zurück.

"Sandy, ich bin bereit zu explodieren. Bist du bereit?"

"Es war bereit für dich, als du hereinkamst, Sam."

Als Sandy das sagt, duckt sie sich und führt Sam zurück zu ihrer eifrigen Öffnung.

Mit einer schnellen Bewegung drückt Sam auf Sandy zu und beißt die Zähne zusammen.

Vergrub seinen pochenden Schwanz tief in ihr.

Sie stöhnt wie eine Frau, die plötzlich mit allem gefüllt ist, was sie braucht.

"Oh Sam, du hast es immer noch riesig für mich."

"Ihr Mann hat es nicht so bereit für Sie. Ich habe den ganzen Tag mentalisiert. Ich habe es geliebt zu sehen, wie Sie die Kontrolle übernehmen."

"Es ist wahr, dass er es nicht so hat, und ich liebe es, mit mir zu teilen, was du hast."

Die Liebenden hören auf zu reden und beginnen sich schneller zu bewegen, beide so gefährlich nahe an ihrem Höhepunkt.

Sam drückt wiederholt und Sandy steht auf, um jedem seiner Stöße zu begegnen, während sie vor ursprünglicher Freude walzen.

"Oh Sam, komm mit mir ... ich bin schon da ..."

Sandy schnappt nach Luft und windet sich, während sich ihr Gesicht mit unkontrollierter Leidenschaft verzieht, während Wellen kontrahierter Muskeln ihr Inneres übernehmen und Vergnügen durch ihren Körper ausstrahlen.

"Oh Sandy ..."

Sams Körper versteift sich und er nimmt sie in seine Arme, während er all seine Energie von seinem pochenden Schwanz auf Sandys gemütlichen Körper überträgt.

Seine Milch fließt in sie hinein, während ihr Saft in flüssiger Ekstase um seinen Schwanz fließt.

Beide lassen sich atemlos auf die Matratze fallen und halten die Hände, während sich ihr Herzschlag verlangsamt.

"Das war viel besser als das übliche schnelle Pulver, findest du nicht?" Sam lächelt Sandy böse an.

"Oh ja, und mein Mann hat einen Ausflug gemacht, das war hilfreich. Auf diese Weise könnten wir unser Zimmer besser genießen."

"Nun Schatz, ich wollte wirklich nicht meine ganze Leidenschaft dafür ausgeben, meine Frau ins Bett zu bringen. Ich wollte dir alles geben."

"Und ich wollte, dass du mir alles gibst. Ich würde sagen, wir hatten unseren Wunsch, oder?"

"Ja. Und wir haben noch Zeit für mehr, da meine Frau mich nicht bald nach Hause erwartet ... "

"Toll! Wir müssen diesen leckeren Schwanz wieder hart machen “, sagte Sandy, als sie sich bückte, um seinen Schwanz wieder zu lecken...

.

ENDE

DOMINANTER EHEFRAU

KAPITEL 1

Alles hatte unschuldig begonnen.

Ich hatte immer davon geträumt, dass meine Frau im Bett mehr Kontrolle übernehmen würde, und als sie fragte, ob sie mich fesseln könne, ergriff ich die Gelegenheit.

Er zog einige meiner alten Krawatten aus dem Schrank und band mich mit offenen Beinen ans Bett.

Dann, anstatt mich zu reiten, verband er mir die Augen.

Das war in Ordnung, nicht das, was ich erwartet hatte, aber es war eine nette Geste.

Endlich wurde mein Wunsch erfüllt, aber es schien, als hätte ich etwas vergessen.

Etwas ganz Wichtiges.

Wie gesagt, ich hatte immer davon geträumt, dass meine Frau die Kontrolle übernimmt.

Ich hätte nie gedacht, dass sie so gut darin sein würde.

Sie neckte mich unerbittlich, saugte hart an mir und schob dann ihren saftigen Sex über meine Brust und zurück in meinen Mund, damit ich essen konnte, wobei ich ständig meine Brustwarzen klemmte oder meinen Schwanz gegen meinen Bauch knallte.

"Bitte Herrin, ich muss kommen. Ich brauche es jetzt wirklich."

Er war sich nicht sicher, wann er sie während der Abendspiele als Herrin bezeichnet hatte, aber jetzt, wo es angefangen hatte, schien es viel einfacher zu sein.

"Mmmmm ... ist der Sklave geil? Will er gefickt werden?"

Ich hatte nicht einmal Zeit, mich über ihre Tonveränderung oder wie sie mich nannte, zu wundern, weil es einen Eingriff gab, den es nicht hätte geben sollen.

Sie steckte einen geschmierten Finger in meinen engen Arsch, etwas, das noch niemand zuvor getan hatte.

"No-uh-huh", knurrte ich und versuchte sie aufzuhalten, aber es war zu spät.

Er drückte seinen Sondierungsfinger ganz nach unten und fing dann an, ihn in meinen Arsch hinein und heraus zu schieben.

Je mehr ich es tat, desto mehr wurde mir klar, dass es nicht so schlimm war, wie ich dachte.

Ich fühlte mich voll, aber jedes Mal, wenn ich es herausnahm, fühlte es sich gefährlich an, als sollte ich auf die Toilette gehen.

Aber als ich darüber hinweg war, fühlte ich mich ziemlich gut.

Verdammt, wen er veräppelte, es fühlte sich wirklich gut an.

"Der Sklave mag es, oder?" Fragte meine Frau.

Es war schwer zuzugeben, aber ich nickte.

"Ja..."

Sie zog ihre Finger zurück.

Ich betete, dass er es wieder tun und gleichzeitig masturbieren würde.

Aber stattdessen hörte ich, wie sie noch etwas Schmiermittel herausdrückte und den Eingang zu meinem Arsch wieder schmierte.

"Will der Sklave zwei Finger in seinem Arsch?" Sie fragte.

Ich habe meine Frau noch nie schmutzig reden hören.

Bis auf die wenigen Male, die sie kurz vor dem Orgasmus stand und mir sagte, ich solle ihre Muschi ficken.

Selbst dann bezweifelte er, als hätte er Angst, solch ein schelmisches Wort zu sagen.

Ihre neue Einstellung war völlig unerwartet.

Nach Jahren der Dominanz war es eine große Veränderung, plötzlich die Person zu sein, deren Grenzen überschritten wurden.

Es war erotisch, ja, aber es war auch ein bisschen beängstigend.

"Ja", antwortete ich.

"Der Sklave muss 'Ja, tu es, Herrin' sagen."

Warum nannte er mich immer wieder den Sklaven?

Es muss eine Art Rollenspiel sein.

Es war ein bisschen gruselig und unangenehm, aber nicht genug, um mein Bedürfnis nach Befreiung zu lindern.

"Ja, der Sklave will es, Herrin", sagte ich.

Sie schob ihre Finger in mich hinein.

Bevor ich mich satt fühlte und es ein bisschen seltsam war, aber diesmal war es, als würde ich gedehnt. . . verbreitert.

Und als er anfing mich zu ficken, hörte ich die nassen Geräusche seiner geschmierten Finger in mich eindringen.

Ich fühlte mich ein bisschen schmutzig.

Ich wusste, dass ich irgendwie mehr als meine anale Jungfräulichkeit aufgab, weil das Gefühl der Kontrolle, das ich hatte, ganz bei ihr war.

Ich tat mein Bestes, um meinen Körper davon abzuhalten, zu reagieren.

Ich versuchte das Grunzen und Stöhnen zu stoppen, das aus meinem Mund kommen wollte, ich versuchte den Stoß meiner Hüften und die Spreizung meiner Beine zu stoppen, aber es war alles nutzlos.

"Was für eine Schlampe. Der Sklave liebt es, nicht wahr? Der Sklave liebt es, in den Arsch gefickt zu werden. Er liebt es, 'benutzt' zu werden."

"Ja", gab ich zu, konnte nicht anders als die Situation zu bekämpfen, akzeptierte die Rolle, die er mir gab und öffnete mich seinen Fingern.

Es dauerte nicht lange, bis er gegen sie drückte.

"Der Sklave liebt es. Der Sklave will kommen", bat ich ihn.

Meine Frau hielt ihre Finger ruhig und ich bewegte mich trotz meiner Zurückhaltung weiter gegen sie, so gut ich konnte.

Ich wusste was ich tat.

Er gab zu, dass er ihn liebte.

Dass sie mich nicht gezwungen hat.

Und es war mir egal.

"Die Sklavin liebt es. Meine Schlampe liebt es in ihrem dreckigen Arsch, oder?"

"Ja, der Sklave will es."

Sie berührte meinen Schwanz.

"Der Sklave hat es sehr schwer. Er ist eine Hure dafür, dass er das will. Ich wette, er will jetzt kommen."

"Mmmm", stöhnte ich. "Der Sklave will jetzt wirklich kommen."

"Aber was würde der Sklave tun, um abzuspritzen, hmmmm?" Sie fragte.

"ETWAS!" Ich stöhnte.

"Etwas?" Sie fragte. "Ist der Sklave in Sicherheit?"

"Ja", er war fast außer Atem. "Der Sklave ist sehr sicher."

"Würdest du dich von dem Liebhaber deiner Herrin ficken lassen? Würdest du uns das hier mit dem Sklaven im Raum machen lassen?"

KAPITEL 2

WOW, das war ziemlich verwirrend.

Ich war der Liebhaber meiner Frau, richtig?

Und das Haus war leer, oder?

Ein Spiel... das musste es sein.

"Ja Ma'am", antwortete ich.

Sie stand auf, ging aus dem Raum und ließ mich immer noch wollen.

Ich hörte das gedämpfte Geräusch, mit jemandem zu sprechen.

Es konnte sonst niemanden geben.

Er war sich sicher, dass das Haus leer war.

Aber wenn es leer war, mit wem sprach er?

Ich wünschte, ich hätte keine Augenbinde.

Der Raum wurde plötzlich sehr kalt und das Spiel sah nicht mehr so sehr wie ein Spiel aus.

Meine Hilflosigkeit und die Situation, in der ich mich befand, berührten schließlich meine Seele.

Die Tür öffnete sich und ich bemühte mich, meine Beine zu schließen, um die verbleibende Bescheidenheit zu schützen.

"Hier ist es", sagte meine Frau. "Wie ich dir schon sagte. Die Schlampe, die gerne ihren Arsch ficken lässt."

Mir wurde klar, was ich früher vergessen hatte: ein sicheres Wort.

Ich hatte keine.

Meine Frau hatte erwähnt, dass sie ihren Geliebten ficken sollte, aber von den Dingen, die sie sagte, könnte ich derjenige sein, der gefickt wird.

Ich brach.

Selbst wenn es ein Spiel war, war es zu intensiv geworden.

Ich zog an meinen Fesseln.

"Schatz", flehte ich ihn an.

Es fiel mir schwer zu atmen.

Ich begann Tränen zu vergießen, die von der Krawatte absorbiert wurden, die meine Augen bedeckte.

"Shhhh", sagte er, streichelte mich und beruhigte mich. "Hat der Fuchs Angst?"

"Ja", gab ich zu.

Er konnte jetzt etwas leichter atmen, aber er zitterte immer noch.

Zum Glück hat meine Frau die Augenbinde entfernt.

Ich sah mich im Raum um.

Es war sonst niemand da.

"Beste?" Sie fragte.

"Ja", seufzte ich erleichtert.

"Gut", sagte sie, als sie auf das Bett kletterte und sich auf mein Gesicht setzte.

Aber ihr Geschlecht war außerhalb meiner Reichweite.

Sie spreizte die nassen Lippen ihres Geschlechts und schob einen Finger hinein, fickte sich selbst, spielte mit mir, neckte mich und fragte sich, wie sehr ich ihn wollte.

Dann hielt er sein Geschlecht offen und ließ es auf meinen Mund warten.

Als ich jedoch versuchte, sie zu küssen und ihr Vergnügen zu bereiten, zog sie sich lachend zurück.

"Schau", sagte er zu niemandem. "Ich habe dir gesagt, ich bin eine Hure. Mein eigener schwacher kleiner Sklave."

Er schob einen nassen Finger in meinen Mund.

Ich war in seinem Geschmack durchnässt.

Ich saugte daran und ließ es sauber, als ich es in meine Lippen hinein und heraus schob.

"Ja, er ist mein 'schwacher Sklave', oder?" sie fragte mich, als würde sie mit einem Baby sprechen.

"Ich bin, ich meine, ich bin dein Sklave, Herrin", antwortete ich.

"Der Sklave wärmt seine Herrin auf und bringt ihre Herrin dazu, den großen fetten Schwanz ihres Geliebten zu wollen."

Meine Frau kam herüber.

Ich hatte erwartet, dass ihre Hand sich um meinen Schwanz legte und mich wichste, als ich sie erfreute, aber als ihre Hand zurückkam, enthielt sie etwas, von dem ich nie wusste, dass ich es hatte: einen Dildo!

Und nicht irgendein Dildo.

Es war groß.

Viel größer als mein Schwanz und es war schwarz.

Er küsste es, rieb es dann zwischen ihren Brüsten und schob es schließlich zwischen den Lippen ihres Geschlechts hin und her.

"Gott, ich kann es kaum erwarten, deinen großen, fetten Schwanz in meiner Muschi zu spüren", sagte er und legte dann den Dildo an meine Lippen. "Saugen Sie den Schwanz meines verdammten Geliebten. Machen Sie es Ihrer Herrin schwer."

Ich sah meiner Frau in die Augen und erwartete fast ein Lächeln.

Ein Lächeln, das mich umgebracht hätte, aber nicht da war.

Stattdessen verengten sich seine Augen vor Vergnügen.

Ich teilte meine Lippen und saugte an ihm, genoss den Latex und Moschus ihres Geschlechts.

Er pumpte es für ein paar Minuten in meinen Mund und auf meine Lippen, als er es küsste.

"Meine Herrin ist auch der verdammte Schwanz des Sklaven, oder?"

Ich konnte nicht antworten, aber der Dildo in meinem Mund sagte viel.

"Er ist jetzt bereit, sei keine gierige kleine Schlampe." sagte sie und zog es aus meinem Mund. "Ich werde ihn jetzt freigeben. Wird er ein guter Sklave seiner Geliebten sein?"

"Ja, Herrin", antwortete ich, als sie meine Fesseln löste.

"Denk nur daran", sagte er und zeigte auf meinen Schwanz, "es gehört mir."

Als ich frei war, bewegte sie mich in die Mitte des Bettes, immer noch auf meinem Rücken.

Dort angekommen stieg sie auf mein Gesicht und griff dann hinter sich und schob den Dildo zu ihrem Geschlecht.

"Oh Gott", keuchte sie, als sie ihn hineinschob. "Was für ein Schwanz. Umm-mmm-so verdammt groß."

Ich war momentan eifersüchtig.

Ja, eifersüchtig auf ein lebloses Objekt.

Von meiner Position aus konnte ich sehen, dass er sie auf eine Weise streckte und füllte, die ich niemals konnte.

Ich versuchte, mich nicht stören zu lassen, als ich mit erneuter Begeisterung mit meiner Zunge auf ihren Kitzler schlug.

"Schau", sagte er und sprach mit seinem imaginären Liebhaber. "Schau, ich habe dir gesagt, die kleine Schlampe wollte zusehen, wie du mich fickst. Oh, Liebes, dein Schwanz ist so groß und es fühlt sich so gut an. Du wirst mich zum Abspritzen bringen, du wirst mich zum Abspritzen bringen."

Sie schrie vor Vergnügen auf und ihr Körper spannte sich an.

Sie drückte ihr Geschlecht mit zermalmender Kraft gegen meinen Mund, als sie gegen mich knallte.

"Fick, fick, fick, fick."

Sie zog den Dildo aus ihrem Geschlecht und bedeckte meinen Mund mit der Öffnung ihres Geschlechts.

"Probieren Sie meine Milch, trinken Sie sie", befahl er.

Während sie gut von ihr trank, pumpte sie meinen Schwanz.

Als ich als Antwort meine Hüften schüttelte, fühlte ich, wie der Dildo gegen meinen Hintern drückte.

"Spreiz deine Beine, Schlampe. Gib dich meinem Geliebten", forderte meine Frau.

Er war nicht bereit dafür und ging zu weit.

"Mach es zu einer Hure", sagte er.

Seine Stimme gab keinen Ungehorsam zu.

Ich spreize meine Beine.

Er nannte mich nicht nur eine Hure, ich fühlte mich auch wie eine.

Er drückte den Dildo gegen meinen Arsch und versuchte ihn zu zwingen.

Es würde nicht funktionieren.

Ich versuchte mich zu entspannen.

Ich habe versucht, es zu ertragen, aber es war zu groß und es tat zu weh.

Ich schrie jedes Mal, wenn sie drückte.

"Es ist zu groß für den Sklaven, nicht wahr?" sie fragte mitfühlend. "Es ist ein zu großer Schwanz für ihren dreckigen kleinen Arsch."

Ich nickte erleichtert.

Mein Arsch brannte immer noch.

"Sag es!" gefordert.

Als ich wollte, dass meine Frau die Kontrolle übernimmt, hatte ich nicht darüber nachgedacht.

Er sollte mich fesseln und dann tun, was ich von ihm wollte.

Stattdessen ließ sie mich tun, was 'sie' tun wollte und sagen, was 'sie' wollte, dass ich sagte.

"Er ist, er ist zu groß", Gott, es war schwer zu sagen.

Es hatte mich fast mehr verarscht, es zuzugeben als alles andere, aber ich wusste, dass ich es auf keinen Fall ertragen konnte.

"Es ist zu groß für meinen dreckigen Hintern."

Zum Glück legte er den Dildo hin und drückte seine Finger gegen mein faltiges Loch.

Sie rutschten leicht aus.

Ich stöhnte als Antwort.

"Aber mein Sklave mag die Finger seiner Herrin, nicht wahr? Er muss seine Beine weiter spreizen und sie aus dem Weg seiner Herrin bringen."

"Ja, der Sklave mag es so viel besser."

Ich tat, was sie sagte, legte meine Hände hinter meine Knie und zog meine Beine an meine Brust.

"Mehr", sagte sie. "Überlass es mir."

Ich bin ein bisschen mehr aufgestanden.

Mein Hintern verließ das Bett.

Ich konnte leicht sehen, wie sie meinen Schwanz mit einer Hand pumpte und mit der anderen meinen Arsch streichelte.

"Oh ja, das ist es. Überlass es mir." Sie sah mich an, als gehörte sie mir. "Es ist alles meins, richtig?"

"Ähm ja", knurrte ich.

"Fühlt sich der Sklave wie eine Hure?" Sie fragte. "Fühlt er sich wie 'meine' Hure?"

Ich fühlte mich wie eine Hure.

Kein Mann, der sein Salz wert war, würde in der Position sein, in der er sich befand.

Schlimmer noch, ich habe es geliebt.

"Ja", knurrte ich als Antwort.

War es meine Einbildung oder war es meine höchste Stimme?

"Ja, mein Sklave sieht aus wie eine Hure und klingt sogar wie eine Hure. Wie konnte er sich nicht wie eine Hure fühlen?" sagte sie und ich stöhnte als Antwort. "Du willst ihn, nein, Schlampe. Und er wird mir sein ganzes Sperma geben, richtig? Oh ja, er will so schlecht kommen, aber was würde mein Sklave tun, um zu kommen?" Sagte er, ließ meinen Schwanz los und rollte meine geschwollenen Eier in seiner Hand, während er meinen Anus weiter untersuchte.

"Alles", antwortete ich und meinte es ernst.

Meine Eier schienen zu explodieren.

"Würde mein Sklave das Sperma des Geliebten seiner Herrin trinken? Würde er seinen schmutzigen Schwanz putzen?"

"Ja! Bitte, irgendetwas, bitte, lass mich einfach kommen."

"Also stöhne darüber, Schlampe."

"Ugh, oh yeah!" Ich bat als Antwort.

Sie hielt meinen Schwanz an der Basis und spielte gegen den Boden, neckte mich.

"Hündinnen beschweren sich nicht so. Und sie sagte, sie sei meine Schlampe, oder?"

"Ja. Ja ... ich ... sie ist ... deine Hure", antwortete ich und wurde mit einem kleinen Kuss auf den Kopf meines Schwanzes belohnt.

Ich stählte mich hinein.

Könnte ich das wirklich tun?

Was würde meine Frau von mir denken, wenn ich es tat?

Wie würde unsere Beziehung später aussehen?

Ich konnte es nicht vermeiden.

"Mmmmmm", stöhnte ich leise.

Es war kein sehr männliches Stöhnen.

Es war weit davon entfernt.

Es war das Stöhnen einer Frau.

Die Art, die ich gehört hatte, nicht von meiner Frau, sondern vom Anschauen von Sexvideos.

Sie belohnte mich, indem sie den Kopf meines Schwanzes in ihren Mund saugte und ihn dann wieder herauszog.

"Das ist besser, aber sie kann es besser machen, oder?"

Ich konnte fühlen, wie das Sperma in mir kochte.

"Mmmmm- uuhhhhh", knurrte ich lauter.

Sie nahm ihren Mund mit einem Knall von meinem Schwanz.

"Ja, das ist es. Das ist das Geräusch, das eine Schlampe macht. Das ist das Geräusch, das deine Herrin hören möchte, aber deine Herrin will mehr, bevor sie ihren Sklaven kommen lässt. Sie will das ganze Paket."

Die ganze Packung?

Was wollte sie?

Es war sehr schwer zu denken.

Mein Körper brannte.

Ich wollte unbedingt kommen.

Ich dachte an einige der Pornobänder, die ich mir angesehen hatte.

Welches Mädchen war das beste?

Was hielt ich für die größte Schlampe?

Was sie getan hat?

Ich erinnerte mich an das Band und an das Mädchen, eine dünne Blondine.

Es sah so aus, als würden sie sie töten, während sie gefickt wurden, aber sie gab ihr Bestes.

Sie spreizte ihre Beine und zog sie bei jedem Stoß zurück.

Sie biss sich auf die Lippe, spielte mit ihren Brustwarzen und saugte an ihrem Finger.

Sie redete schmutzig.

Sie war ein Quietscher.

Aber lieber Herr, könnte ich das tun?

War ich mir überhaupt sicher, dass es das war, was meine Herrin, meine ich, meine Frau wollte?

Ich betete darum.

"Mmmmmm, fick mich. Gib es mir hart."

Ich schob meine Beine auseinander, gab mich ihr hin und biss mir auf die Unterlippe.

Er hoffte, dass es das war, was sie wollte.

Wenn nicht, hätte ich mich noch mehr zum Narren gehalten.

Ich fühlte, wie er den beiden, mit denen er mich schon in meinen Arsch steckte, einen weiteren Finger hinzufügte und er meinen Schwanz mit seinem Mund lutschte.

Das war es, was sie wollte.

Und ich fand heraus, dass ich es ihm geben könnte.

Es war einfach, als ich anfing.

Ich drückte meine Brustwarzen.

Ich biss mir auf die Lippe.

Ich drückte mich auf seine Finger.

Ich sprach schmutzig.

Oh Gott, ich hasse es, es zuzugeben, aber ich habe sogar geschrien.

Sie pumpte ihr Gesicht in kurzen Stößen auf und ab, die mit den Fingern Schritt hielten, die meinen Arsch pumpten.

Rauf und runter, rein und raus, mit mir bei jedem Stoß weinen.

"Ugh-Ugh-Ugh. Oh Gott, mmmmmmmmmm, ich werde kommen!" Ich schrie.

Meine Eier zogen sich zusammen und pumpten heißes Sperma, und meine Schreie wurden von seinem Geschlecht übertönt, als er sich wieder über mich beugte.

Es fühlte sich an, als würde meine Seele in mächtigen Explosionen aus meinem Schwanz entkommen, als alles in die schöne Höhle seines Mundes gesaugt wurde.

KAPITEL 3

Als ich fertig war, war ich schwach, benommen und lag wie ein zerknittertes Laken auf dem Bett.

Sie kletterte auf meinen Körper und setzte sich auf mich, kniete nieder und hielt meine Arme unter ihren Knien fest.

Sie lächelte und ihre Augen leuchteten vor Kraft und Lust.

Mein Sperma schimmerte zwischen ihren Lippen gegen das rot lackierte Lippenstift.

Er hob den Dildo und legte ihn unter seinen Mund.

Sein Lächeln wurde böse, als seine Lippen sich spitzten und mein Sperma in einem langen Strang aus seinem Mund tropfte, auf seinem schwarzen Schwanz landete und seine Länge hinunterlief.

"Saugen Sie es Sklave. Lassen Sie meinen Geliebten in Ihrem Mund abspritzen."

Ich wollte es nicht tun.

Ich wäre wahrscheinlich vor ein paar Augenblicken besorgt gewesen, selbst wenn ich gesagt hätte, dass ich es tun würde.

Aber jetzt war es nicht mehr an.

Ich war zufrieden und das Spiel sollte vorbei sein.

Ich wollte nicht mehr spielen.

"Der Sklave hat es versprochen, nicht wahr?"

Mein Sperma bewegte sich bereits vom Kopf des Hahns weg und bildete einen langen Strang zu meinen Lippen.

Er würde mich trotzdem schlagen, oder?

Wie würde ich mit meinem Sperma im Gesicht aussehen?

Ich öffnete meinen Mund.

Die eingegebene Samenkette.

"Ja ...", zischte meine Frau und ihre Augen loderten. "Ja, das ist es. Lass meinen Geliebten in deinen Mund kommen ... aber schluck es noch nicht."

Meine Frau schob seinen Schwanz zwischen meine Lippen.

Ich konnte den bitteren Geschmack meines Samens gegen den Geschmack des Latex an meinem Schwanz schmecken.

Es war nicht das erste Mal, dass ich es versuchte.

Aber einen Schluck Sperma zwischen meinen Zähnen zu haben und den Gummidildo zu bedecken, war weit davon entfernt, versehentlich meine Überreste von den Lippen meiner Frau zu schmecken, nachdem ich einen Blowjob erhalten hatte.

Die Hand meiner Frau fuhr zu ihrem Schritt, die Finger drehten sich um ihren Kitzler.

"Gott, du bist so heiß, mein kleiner Weichei-Sklave!" sie stöhnte. "So dreckig. Kleine Schlampe."

Sie pumpte den Dildo in meinen Mund hinein und aus ihm heraus.

"Du wirst mich wieder kommen lassen", keuchte er, zog den Dildo aus meinem Mund und warf ihn beiseite. "Öffne deinen Mund. Öffne es, schlucke Sperma und lass mich es sehen, lass mich das Sperma meines Geliebten sehen."

Ich öffnete meinen Mund und legte das Sperma auf meine Zunge.

Meine Frau versteifte sich und ihr Becken wölbte sich, als sie einen Orgasmus hatte.

Sie packte mich mit ihren Armen und Beinen und umarmte mich fest.

Sie küsste mich hungrig und wir gaben mein Sperma hin und her und tauschten es aus.

Sie brach auf mir zusammen und bewegte sich nicht.

Ich konnte es auch nicht.

Unsere beiden Körper verhedderten sich wie ein verschwitztes Rätsel.

Ich war erschöpft und es tat weh.

Aber es war ein guter Schmerz.

Ich fragte mich, was passiert war und wie sich dies auf unsere Beziehung auswirken würde.

Es war unglaublich gewesen.

Ich bin noch nie in meinem Leben so gekommen.

Ich fragte mich, ob er ein wahrer Liebhaber gewesen war.

Hättest du es schon genossen?

Ich fragte mich, ob sie es noch einmal machen wollte.

Ich habe mich über viele Dinge gewundert.

Meine Frau steckte ihren Kopf von meiner Brust.

"Wow", sagte sie.

Es war die Untertreibung des Jahres, aber ich fühlte mich damals so viel selbstsicherer.

"Wow du hast recht." Ich antwortete.

Sie lächelte, kein böses Lächeln wie zuvor, aber ein bisschen verspielt und wenn es nicht meine Einbildung war, vielleicht auch ein bisschen schüchtern.

"Denkst du vielleicht, dass wir beim nächsten Mal sehen können, ob mein Geliebter einen Freund hat, den er mitbringen kann, vielleicht jemanden, der für dich etwas kleiner ist?"

Es war erstaunlich, wie ruhig er die Dinge sagen konnte, die eine beliebige Anzahl von Dingen bedeuten konnten.

Aber was auch immer sie sagen wollte, sie wusste die Antwort, die sie geben wollte:

"Das wäre schön", antwortete ich.

"Mmmmm ..." Sie küsste mich erneut. "Du bist sehr dreckig."

ENDE

ANFORDERUNGEN AN EINE GUTE SEKRETÄRIN (INTERRACIAL DOMINATION)

KAPITEL 1

Es war aufregend zu sehen, wie die junge schwarze aufstrebende Sekretärin vor meinem Schreibtisch saß und vor allem wusste, was ich über sie wusste.

Die Kleidung, die sie trug, war billiges Polyester aus einem dieser Discounter.

Es war das gleiche wie in seinem ersten Interview, nur dass er ein anderes Hemd hatte.

Sie hatte einen schönen Satz Titten und sie sah sehr süß, sehr unschuldig aus.

Er saß mit gekreuzten Beinen da, seine Knöchel waren dunkel, aber etwas weißlich, und seine gefalteten Hände und sein nervös schwankender Fuß waren zu sehen.

Jedes Mal, wenn sie ihre Hände ausbreitete, sollte ein loses Piercing eingeführt werden, das niemals hinter ihrem Ohr an Ort und Stelle zu bleiben schien.

Er sah sich in meinem Büro um, um alles aufzunehmen, aber er blieb selten stehen, um mir in die Augen zu schauen.

Ich war eindeutig nervös.

Und sie hatte jedes Recht zu sein.

KAPITEL 2

"Gloria, ich glaube, ich bin bereit, Ihnen ein Stellenangebot anzubieten, aber es gibt eine Unregelmäßigkeit in Ihrer Bewerbung, die wir zuerst besprechen müssen", sagte ich.

Ihre grünen Augen weiteten sich wie Untertassen und bewegten sich noch nervöser hin und her.

Sie schluckte.

"Oh, was ist das?"

"Nun, siehst du", sagte ich ihm. "Es ist mir aufgefallen, dass es einige Unregelmäßigkeiten gibt, die Sie in Ihrer Bewerbung nicht erwähnt haben. Die Frage auf der zweiten Seite, ob Sie jemals wegen eines von Ihnen beantworteten Verbrechens verurteilt wurden, sagte beispielsweise Nein. Als ich eine Hintergrundüberprüfung durchführte, stellte sich heraus, dass Sie wegen Ladendiebstahls verurteilt wurden. Was haben Sie getan? Glauben Sie, ich würde nicht überprüfen? "

Er versuchte erfolglos, die Tränen zurückzuhalten.

"Bitte", sagte sie. "Ich habe vorher versucht, ehrlich zu sein. Aber ich bekomme nicht einmal ein Interview, wenn sie ihn sehen. Ich hatte eine schwierige Zeit in meinem Leben und ich habe Beratung für ihn erhalten ...".

"Diebstahl", stachelte ich sie an.

Seine Wangen wurden purpurrot.

"Ja. Und es wird nie wieder passieren."

Sie schüttelte den Kopf, als wollte sie sagen, auf keinen Fall, nicht wie, nicht ich.

Er wimmerte jetzt fast, eine emotionale Geste, die nett war.

Ich finde, dass es viel einfacher ist, mit Frauen umzugehen, wenn sie gut geweint haben.

Als der Herr, der ich bin, öffnete ich meine Schublade und gab ihm eine Schachtel Taschentücher.

"Danke", sagte er und wischte sich Nase und Wangen ab.

"Das ist gut", sagte ich. "Du und ich reden so ... die ganze Scheiße rausholen. Denn genau das wird von jetzt an passieren: Völlige Ehrlichkeit. Glaubst du, dass du das kannst? Sei ganz ehrlich?"

"Ja." Die Tränen trockneten bereits.

Sie war immer noch hübsch, obwohl ihr Make-up lief.

"Wie lange suchst du schon Arbeit?"

"2 Jahre."

"Wie kommst du über die Runden? Freund oder Eltern?"

"Eltern".

"Ist das die einzig richtige Berufskleidung, die du hast?"

"Ja..." Er sah nach unten und rieb seine Hand über den glänzenden Stoff, als wollte er ihn verschwinden lassen. "Es tut uns leid."

"Es gibt nichts zu bereuen", sagte ich. "Schau, ich werde ehrlich zu dir sein. Die Situation ist gegen dich. Jemand anderes kann hier reinkommen und mit viel weniger als dem, was du auf dem Fragebogen hast, viel mehr bekommen, als du jemals bekommen würdest, wenn du weißt, was ich meine. Ich zum Beispiel. Ich bin nicht sehr groß und hatte in der High School fast eine Glatze. Glaubst du, ich musste in dieser Situation nicht kratzen, Ellbogen und Stolpern? Lass es mich dir sagen. Ich musste fünfmal härter arbeiten, als ich sollte, wenn ich hätte Es war verlockend, so oft aufzugeben, aber ich hatte ein Ziel vor Augen. "

Seine Augen staunten.

Das Jammern und vielleicht meine Rede ließen sie sich an diesem Punkt wahrscheinlich ziemlich positiv fühlen.

Und sie würde all die Bestimmtheit brauchen, mit der sie umgehen konnte.

"Also Gloria, lass mich dir eine Frage stellen. Bist du bereit, ein Ziel vor Augen zu haben?"

"Jawohl."

Sie blies stolz ihre Brust auf und ließ mich einen schönen Blick auf ihre üppigen Elfenbeinbrüste werfen.

"Ja, das bin ich", beendete er.

"Gut. Du hast einige großartige Dinge für dich, die ich nie hatte. Zum einen hast du große grüne Augen und ein Paar sexy Lippen. Lippen, die ... nun, ehrlich gesagt, Lippen, die Männer als Lippen bezeichnen. sie sind zum saugen gemacht. "

Die großen grünen Augen zeigten wieder Erstaunen, aber sie waren immer noch hübsch.

Die Lippen, die Lippen machten mich noch härter wie ein Stein.

Er nahm seine Lederbrieftasche von meinem Schreibtisch und stand auf.

"Lass das fallen, Gloria, und bleib auf deinem Platz. Wir reden hier ehrlich, nicht wahr? Zwei Erwachsene. Du und ich. Jetzt beantworte mir eine Frage. Hast du schon einmal einen Blowjob gegeben?"

"Ja, aber das war-war-war mit meinem Freund."

"Und sie sah wahrscheinlich viel besser aus als ich. Nun, ich habe schon früher Mädchen eingestellt. Mädchen mit höherer Bewertung. Mädchen, die keine Vorgesetzten hatten. Mädchen, die nichts gestohlen haben. Sehen Sie, wohin ich hier gehe?

Er setzte sich wieder und klammerte sich verzweifelt an die Brieftasche.

"Jawohl."

"Gut. Also lass uns hier nicht unschuldiger sein oder dich mit mir mögen. Du und ich sind nicht so verschieden. Verstehst du mich jetzt?"

"Nein", schaffte er es auszusprechen.

"Kannst du mir sagen, was daran falsch ist? Ich bin sauber. Ich habe keine Krankheit. Ich erwarte keinen Sex. Nur ein bisschen Honig für meine Augen, der mich anmacht und einen schnellen Blowjob ... und das war's."

Nun, ich war hier nicht ganz ehrlich.

Ich würde Blowjobs erwarten, viele von ihnen, und auch beruflich gut gemacht.

Und Augenweide.

Wohlgemerkt, sie ist eine gute Augenweide.

Sie sah zur Seite.

Ich habe darüber nachgedacht, was gut ist.

"Kein Sex?" Sie fragte.

"Das ist richtig. Kein Sex. Nur ein kurzer Blowjob, genau wie der Präsident der Vereinigten Staaten. Sex wird sowieso überbewertet. Ich bevorzuge Blowjobs. Beim Sex muss man sich um das Vorspiel und die gesamte Karriere sorgen Beim Sex musst du dir Sorgen machen, dass du dich danach küsst, liebst und umarmst. Bei Blowjobs sind die Dinge viel einfacher. Blowjobs sind nur zum Vergnügen. Blowjobs ermöglichen es dir, deine Kraft zu behalten. Du kannst fast überall einen Blowjob erhalten und so weiter. Vor allem hatte ich noch nie einen schlechten Blowjob.

Er dachte weiter nach, aber er hatte nicht nein gesagt.

Sie brauchte ihn nur, um es gut zu verkaufen.

Und ich kann gut Dinge verkaufen.

"Schau, stell es dir einfach als Sprungbrett vor. Das bringt dich aus dem Haus deiner Eltern und alleine raus. Du wirst auch einen Job haben und du weißt, was sie sagen. Es ist einfacher, einen anderen Job zu bekommen, wenn du einen Job hast."

Er blinzelte die letzte Träne und schaute auf meinen Schritt.

"Wirst du mir wirklich den Job geben?"

Ich wollte lächeln.

Ich wollte lachen.

Sie kaufte die ganze Menge.

Ich habe mein Bestes getan, um meine Gefühle einzudämmen.

"Ich habe es dir doch gesagt, oder?"

"Okay ... okay, ich werde es tun."

"Gut. Warum schließt du nicht die Tür und machst es?"

"Jetzt?" sie fragte ungläubig.

"Das ist richtig. Wir sind keine Freunde. Wir sind keine Liebhaber. Dies ist nur eine Geschäftsbeziehung. Was denkst du, was ich tun werde, nimm das Wort eines verurteilten Diebes?"

"Aber da draußen sind Leute."

"Und die Tür wird geschlossen", sagte ich ihm. "Schau, nimm deine Sachen und geh oder steh auf und schließ die Tür."

Sie stand auf, schloss die Tür ab und stand fassungslos da.

Jesus, das würde nicht so schwierig werden, als ich dachte.

KAPITEL 3

"Jetzt komm her. Das ist mein Mädchen. Nein, du lehnst dich nicht zurück. Gib mir zuerst eine kleine Show ... eine Augenweide, um mich in Stimmung zu bringen."

Er war schon steinhart, aber er wollte, dass sie dafür arbeitete.

"Ich verstehe nicht."

Sie verstand sehr gut.

Ihm musste nur gesagt werden, er wollte, dass es meine Idee war.

"Weißt du, ein kleiner Striptease. Nichts Besonderes. Eine kleine Show, nichts Kompliziertes, ein Hauch von Höschen und zeig mir deine Brüste. Bring mich in Stimmung, Mädchen. Sonst bist du den ganzen Tag da."

Sie machte einen erbärmlichen Versuch, einen kleinen Oberschenkel- und Bauchnabel zu zeigen.

Meine Erektion verblasste.

"Schau, du solltest das besser ernst nehmen. Ich könnte mit zwanzigtausend oder dreißigtausend beginnen", sagte ich. "Denk darüber nach."

Das machte den Unterschied.

Sie war nicht gut, aber mit der Zeit würde sie lernen.

Er wusste genug, um seine Hüften zu bewegen und seine Hände über seinen Körper zu reiben.

Sie gab mir einen Blick auf ihr weißes Baumwollhöschen.

Ich habe ein Gesicht gemacht.

Sie errötete.

"Das Höschen muss gehen. Nicht jetzt, aber du wirst gebeten, von nun an etwas viel sexieres zu tragen."

Langsam knöpfte sie ihre Bluse auf.

"Woher bekommst du deine Unterwäsche, von Waagen? Nein, antworte nicht. Komm schon, zieh sie aus. Du könntest auch etwas kaufen, das du von vorne aushaken kannst, weil ich deine Brüste jedes Mal sehen will, wenn du mich geil machst."

Sie zog ihre Bluse aus und legte sie vorsichtig auf den Tisch.

Dann zog sie die BH-Träger von ihren Schultern und versuchte schüchtern, sich umzudrehen.

"Geh nicht zurück", sagte ich, "ich will dich gut sehen."

Sie drehte den BH und löste den Verschluss.

Ihre Brüste waren groß mit prallen, unebenen Warzenhöfen und langen spitzen Brustwarzen.

Mmmm, meine Favoriten.

Wenn sie meine Freundin wäre, hätte sie sie geküsst.

Aber die Dinge sind so, wie sie waren. Warum also darüber nachdenken?

Ich lehnte mich in meinem Stuhl zurück und spreizte meine Beine.

"Hol meinen Schwanz raus."

Er zog meinen Schwanz aus meiner Hose und hielt ihn in seiner Hand, pumpte ihn langsam.

"Du kennst den Unterschied zwischen einem Blowjob und einem Handjob, richtig Gloria?"

Er sah auf den Schwanz in seiner Hand hinunter und nickte.

"Küss ihn auf und ab. Das ist ein Mädchen. Schau mir zu, wie ich diese hübschen grünen Augen sehe."

Sie sah erwartungsvoll zwischen meinen Beinen auf.

Sie war perfekt.

Ich wusste, dass ich mich nicht lange zurückhalten konnte, wenn sie es tat.

"Jetzt lutsch es. Bedecke deine Zähne mit deinen prallen Lippen, ja, diese saugenden Lippen. Mmmmm ... oh ja. Du wurdest dazu gebracht, Schwänze zu lutschen, weißt du das? du nimmst es aus deinem Mund und öffnest deine Lippen und küsst meinen Kopf".

Sie tat, was ich fragte, aber es war nicht der Effekt, den ich suchte.

"Nein, nicht so." Ich hob meinen Schwanz und führte ihn unter ihren Nacken, dann neigte ich ihr Gesicht nach oben. "Fält die fetten Lippen und öffne deinen Mund ein wenig."

Sie tat.

Der Kopf meines Schwanzes wurde jetzt von ihren faltigen Lippenstiftlippen eingerahmt.

Es war perfekt.

"Das ist wunderschön, jetzt möchte ich sehen, wie es aus deinem Kiefer ragt. Scheiße, nein, nicht so. Hier, lass mich dir helfen."

Ich drehte ihren Kopf so, dass ihr Kiefer aus meinem Schwanz ragte.

Seine dicken Lippen waren um mein Glied gewickelt.

Gott, sie war so verdammt heiß.

"Schau mich an, Gloria."

Sie sah mich mit diesen großen grünen Augen an, als sie mit ihrer samtigen Zunge die Unterseite meines Mitglieds leckte.

"Scheiße, du bist sexy. Ich wette, dein Freund möchte, dass du es ihm die ganze Zeit so antust", sagte ich ihm und ließ seine Wangen rot werden. "Komm schon Baby, ich bin jetzt bereit zu kommen. Saug mich an. Saug mich hart und schnell und trink meine Eier."

Sie stieg auf mich herab und fickte mich mit ihrem heißen Mund.

Es war offensichtlich, dass sie dies schon oft getan hatte und in einen Rhythmus gefallen war.

Er wollte jedoch, dass es seine übliche Aufgabe war.

Er würde sie zur Königin der Blowjobs machen, bevor sie einen anderen Job bekam.

"Schneller Gloria, schneller", drängte ich und hielt ihre Haare aus meiner Sicht, damit ich sie in Aktion sehen konnte. "Saugen, saugen, saugen, ich höre dich nicht saugen."

Sein Mund saugte und tropfte, als er meinen Schwanz beschleunigte und senkte.

Ich spürte, wie das Sperma aufstieg.

Ich hätte fast gesagt 'Warte, hör auf, ich werde kommen'. Können Sie das glauben? Ich war es so gewohnt, vorher abzuheben ... Nun, ich hätte fast vergessen, dass ich es nicht musste.

"Ugh, ugh, süßer Motherfucker. Ich bin bereit. Ich bin so verdammt bereit. Wag es nicht aufzuhören zu saugen", warnte ich sie, lehnte mich in meinem Sitz zurück und packte die Armlehnen fest.

Scheiße, das würde großartig werden.

Ich spürte, wie mein Schwanz anschwoll und noch stärker wurde.

Mein Sperma kam heraus.

Verdammte Scheiße, sie hat mich zum Abspritzen gebracht, als wäre ich ein Teenager.

Meine Eier leerten sich und pumpten meinen heißen Saft in seinen Mund.

Sie machte ein unangenehmes Geräusch, saugte aber weiter fleißig.

Ich zog meinen Schwanz sanft aus ihrem Mund.

Ihre Lippen waren geschlossen und ein Teil meines Spermas sickerte zwischen ihre geschürzten Lippen.

"Öffne deinen Mund, damit ich es sehen kann." Sagte.

Ihr Gesicht war strahlend purpurrot gerötet und ihre Augen wurden wässrig.

Er wollte eindeutig nicht, aber am Ende schloss er die Augen und öffnete den Mund.

"Lass mich deine Zunge sehen. Wow, ich habe dir sicher eine gute Ladung gegeben, oder? Ich bin schon lange nicht mehr so gekommen", sagte ich. "Weiter, du weißt, wohin er jetzt geht. Durch die Luke."

Er verzog das Gesicht, setzte das süßeste Smiley-Gesicht auf, das ich je gesehen hatte, und schluckte es.

KAPITEL 4

"Du warst ein wundervoller Schatz. Jetzt reinige meinen Schwanz und stecke ihn wieder in meine Hose. Danach kannst du dich selbst putzen."

Sie gehorchte schweigend und mied meine Augen die ganze Zeit, als wäre sie eine Fremde, was für mich in Ordnung war.

"Kannst du morgen anfangen?" Ich habe gefragt.

"Ja, Sir", kreischte sie fast.

"Gut", sagte ich und zog meine Brieftasche heraus. "Ich werde dir meine Kreditkarte geben und ich möchte, dass du dir sexy Klamotten kaufst. Mit sexy meine ich eng, kurz und schlank und nein, ich wiederhole, kaufe sie nicht in Discountern. Neue Höschen und BHs mit den gleichen Spezifikationen. Es ist mir egal, was die anderen Frauen hier tragen, du wirst jeden Tag Strümpfe und Absätze tragen, um zu arbeiten. Wenn ich dich acht Stunden am Tag ansehen muss, dann erwarte ich etwas Interessantes in Sicht.

Sie nickte und nahm meine Kreditkarte.

"Lächle, Schatz, ich erwarte ein Lächeln und eine freundliche Einstellung, wenn du hier zur Arbeit gehst", sagte ich. "Und ein Dankeschön für die Position wäre schön."

Sein Gesicht leuchtete kurz auf.

"Danke", sagte sie.

"Speichern Sie die Quittungen. Sie werden mich rechtzeitig bezahlen."

Gott, es war gut, ich zu sein.

Ich bin einem schönen Mädchen gewidmet ...

KAPITEL 5

Zwei Jahre später. . .

Gloria ging ins Büro und schloss die Tür ab.

Sie war fast nicht wiederzuerkennen, wie sie am ersten Tag hierher kam.

Ihr Haar war eine Masse dunkler Platinlocken.

Ihre Unterwäsche war aus dem Victoria's Secret-Katalog ausgewählt worden, in dem ich darauf bestand, dass sie auch alle ihre Bürokleidung kaufte.

Heute trug sie einen gestreiften Rock, der ihre Hüften umarmte und sich bis zu ihrem Oberschenkel spaltete.

Unter ihrem taillierten Sportmantel war ihre weiße Bluse genau in der Mitte ihrer Brust aufgeknöpft und enthüllte einen Spitzen-BH und ihre festen, runden Brüste.

Sie war nicht nur meine Sekretärin, sie war zur Fantasie der perfekten Sekretärin für jeden Mann geworden.

Er trug eine Tasche über der Schulter, die er auf meinen Schreibtisch legte.

"Du siehst heute besonders sexy aus, Gloria. Versuchst du zusätzliche Punkte für deine jährliche Bewertung zu bekommen?" Ich fragte ihn. "Nun, ich kann in letzter Minute schwanken, wenn du weißt, was ich meine. Also gib mir heute eine besondere Show. Und du solltest besser deine ganze Anstrengung darauf verwenden."

Manchmal kann ich ein echter Bastard sein, oder?

Die Wahrheit war, dass er seine Bewertung bereits geschrieben hatte und sie sehr gut war.

Das Beste, was ich ihm zu geben wagte.

Gloria schenkte mir ein besonderes Lächeln, als sie ihre Hand auf den Schreibtisch legte, ihre festen jungen Brüste tief oben hingen und sie das Radio sehr leise einschaltete.

Dann ging er zurück zur Tür, na ja, es war eher wie stolzieren: Ein Fuß bewegte ihn in den anderen, schwang seine Hüften und arbeitete diesen engen, schlanken Arsch so, wie ich es mochte.

Als sie die Tür erreichte, strich sie sich ihr langes, platinfarbenes, dunkles Haar über den Kopf, drehte sich um und steckte die Schläfe ihrer Brille in den Mund.

Die Brille war natürlich meine Idee.

Es gibt etwas an einem sexy Mädchen in einer Brille, das mich in einer Minute hart macht, und ich war schon hart.

Anderson, sagte er. "Hast du meinen neuen BH schon gesehen? Er ist wirklich sexy. Möchtest du ihn sehen?"

"Sicher", sagte ich. "Ich würde gern."

"Ich weiß nicht", sagte sie und ihre Finger lösten bereits die Knöpfe an ihrer Bluse. "Er ist wie mein Chef und so. Ich weiß nicht, ob es in Ordnung wäre."

"Aber du zeigst dich gerne deinem Chef, nicht wahr? Wie du dich jeden Tag anziehst und deinen Körper zeigst. Glaubst du, ich weiß nicht, was du versuchst, mich zu verführen? Glaubst du, jeder im Büro weiß es nicht? ""

Ich konnte sie nicht mehr so rot werden lassen wie früher.

Er war der einzige Mann in einem Büro voller Frauen.

Und als Gloria in ihren engen Anzügen und High Heels zu ihrem ersten Arbeitstag auftauchte, wurde es still im Büro, als alle anderen Frauen anhielten und sie ansahen und sofort wussten, wie die neue Sekretärin ihren Job bekommen hatte und wie sie es beabsichtigte. behalte es.

Oh, wie errötete Gloria bei der Wärme ihrer Blicke.

Ich war in wenigen Minuten in meinem Büro auf den Knien.

Gloria saß mit gekreuzten Beinen auf der Kante meines Schreibtisches.

Ihr Rock zeigte die Strümpfe und das Fußkettchen.

Sie teilte ihre Bluse und enthüllte ihren BH.

Es war fast durchsichtig: Ich konnte leicht den Umriss ihrer rosa Brustwarze durch den Stoff sehen.

"Findest du es hübsch?" Sie fragte.

"Ich kann wirklich noch nicht viel zu sagen sehen."

Sie zog ihre Bluse aus und wiegte ihren Körper im Rhythmus der Musik.

"Können Sie es jetzt gut sehen, Mr. Anderson?"

"Bis jetzt sieht es gut aus, Gloria", sagte ich ihr. "Aber ich habe mich gefragt. Trägst du ein passendes Höschen?"

"Wie hast du das erraten?"

Aber weißt du, so viel Spaß es auch machte, das unschuldige Boss-Sekretär-Spiel zu spielen, es war nicht das, was ich heute wollte.

KAPITEL 6

"Gloria, was ist, wenn wir diese unschuldige Aufführung beenden und du auf den Schreibtisch springst. Ich möchte, dass du heute gemein bist. Ich möchte, dass du mir diese Scheiße ins Gesicht wirfst", sagte ich. "Oh, und vergiss nicht, deine Fersen auszuziehen. Ich habe dort immer noch Kratzer vom letzten Mal.

Er wurde schließlich ein wenig rot.

Sie spielte gern die Unschuldige oder sogar die Verführerin, aber niemals die Stripperin.

Zum Glück habe ich ihn nicht bezahlt, weil er seinen Job mochte.

Lächelnd sah ich zu, wie sie ihre Absätze entfernte und half ihr dann auf den Schreibtisch.

Schau, ich kann auch nett sein.

Sie trug Strümpfe und wollte nicht, dass sie ausrutschte und versuchte, auf den Schreibtisch zu kommen.

Ich habe das Radio auf etwas Schöneres gestellt, etwas Hard Rock ...

Wie angemessen.

Er tanzte für mich und bewegte seinen Körper auf meinem Schreibtisch.

Sie zog sich zurück und entfernte die Träger von ihrem BH.

Als sie sich umdrehte, hielt sie den hohlen BH gegen ihre Brüste und schob ihn verführerisch weg.

Ihre wohlgeformten Brüste baumelten wie frisches Obst und waren gespannt auf die Ernte.

"Komm schon, Gloria", drängte ich. "Es funktioniert bei mir. Du weißt, wie ich es mag."

Sie sollte es jetzt nach zwei Jahren wissen.

Ich brachte sie nach der Arbeit in Bars, damit sie sehen konnte, wie die Profis es machten.

Danach half ich ihm in seiner Praxis und gab ihm meine eigenen Vorschläge, wie er es verbessern könnte.

Sie hockte sich hin und ballte die Hüften, wobei sie ihre Muschi direkt vor meinem Gesicht bearbeitete, genau so, wie ich es mochte.

Das kleine Stoffband, das ihr Höschen war, rutschte zwischen die Falten ihrer Schamlippen.

Gott, sie war eine Göttin und ich war die glücklichste Chefin der Welt.

"Verdammt, es sieht so aus, als würde deine Muschi versuchen, dein Höschen zu essen", sagte ich zu ihm. "Komm schon, lass es mich sehen. Alles."

Sie stand auf und hakte ihre Daumen in den Hosenbund.

Sie drehte sich um, senkte sie ein wenig und beugte sich vor mich, um mir ihren kleinen Anus zu zeigen.

Dann zurück nach vorne, bis ich die schwache Spur einer nackten Muschi erkennen konnte.

"Verdammt, ich bin hart wie Stein." Sagte. "Lass mich sie ausziehen, damit ich dein Pussy-Baby sehen kann."

Sie setzte sich auf und legte ihre strumpfbedeckten Füße auf meinen Schoß.

Als ich daran arbeitete, sie aus ihrem Höschen zu ziehen, massierte sie meinen Schwanz mit ihren Füßen durch meine Hose.

Glorias Muschi sah so attraktiv aus.

Ihre nassen, rasierten Lippen teilten sich und zeigten ihre Erregung.

Über ihnen war ein kleines Dreieck von Haaren, zwei Zoll lang und einen Zoll breit.

Die Größe ihres Schamdreiecks war Teil ihrer ungeschriebenen Arbeitsregeln, ebenso wie der Nabelring, der auf ihrem Bauch schimmerte.

"Spreiz die Beine, Baby", dränge ich. "Ich möchte auch das Innere sehen."

Ein kleines Keuchen entkam ihren Lippen, als sie ihre Beine spreizte und ihre Hüften hochschob.

Ihre Muschi, so nass und gemütlich.

Dachte er, er hätte es noch nicht vermasselt?

Unglaublich wie es klingen mag, es war wahr.

Sie bekam täglich und manchmal zweimal am Tag meinen Blowjob, aber ich trat nie in ihre Muschi ein.

Nach einigen seiner enttäuschten Blicke und seinem offensichtlich erregten Zustand zu urteilen, hätte ich oft in ihn eindringen können, wenn ich wollte.

Aber seien wir ehrlich.

Er hatte Blowjobs, wann immer er wollte und eine völlig unkomplizierte Beziehung.

Das Letzte, was er tun wollte, war es zu vermasseln und zu ruinieren.

"Dreh dich um", sagte ich ihm. "Ich will deinen Mund ficken."

Seine Augen flehten: "Bitte, können wir etwas anderes tun?"

Aber sie drehte sich gehorsam um, lehnte ihren Kopf über die Schreibtischkante zurück und ihr Haar fiel mir auf den Schoß.

Seine großen grünen Augen waren groß und flehten: "Tu das heute nicht."

Aber es war doch ihr jährlicher Bewertungstag, und sie hatte nicht die Absicht, es einfacher zu machen.

Deshalb wollte ich ihren Mund ficken; etwas, das er als Strafe aufbewahrte.

Oh, ich weiß, sie würde lieber auf die Knie gehen und mir gut tun und sie würde mir großartig tun.

Sie war eine Expertin für Zungenflattern, Balllutschen, kurzen Kuss, Zungenmassage, Harnröhren-Tease und verdrehte Faust.

Wie ich schon sagte, er war der glücklichste Chef der Welt.

Ich stand auf und zog meine Hosen und Boxer auf die Knie.

Sie öffnete den Mund und tat ihr Bestes, um ihren Hals zu glätten, als sie auf meinen Schwanz stieß.

"Verbreite deine Muschi für mich", befahl ich. "Ich will diese nasse Muschi sehen, während ich deinen Mund ficke."

Sie knurrte und der heiße Luftstoß kitzelte meine Eier, als sie gehorsam ihre Lippen von ihrer Muschi trennte.

Ich war im Himmel.

Ich schob seinen Mund auf einen Schlag, bis mein Schambein sein Kinn traf.

Er konnte ihre unwillkürliche Übelkeit beim Eindringen spüren.

Oh, wie er das hasste.

Nicht so sehr, weil es unangenehm war, sondern weil er am Ende nicht gut sprechen konnte und es auch rote Streifen auf beiden Seiten seines Lippenstifts verursachte.

Es war peinlich für sie und sie tat ihr Bestes, um anderen Menschen auszuweichen, wenn alles vorbei war.

Und obwohl sie sehr gut darin war, der Bastard, der ich bin, rief sie normalerweise eines der anderen Mädchen an, die mit ihr zusammengearbeitet hatten, um sie um einen Bericht zu bitten, wenn sie fertig war.

Wenn ich nur daran dachte, kochte das Sperma in meinen Bällen.

Scheiße, ich dachte an das Basketballspiel, das ich am Abend zuvor gesehen hatte, arbeitete an allen Besitztümern, dachte an etwas anderes, um nicht zu früh zu kommen.

Ich wollte den Moment genießen.

Als ich die Kontrolle wiedererlangte, beschleunigte ich das Tempo.

Sein Atem wurde schwieriger.

Gloria hielt immer noch ihre Schamlippen offen, aber jetzt tanzte ein Finger in kleinen Kreisen über ihren Kitzler.

"Sie wissen, wie man es besser macht", sagte ich ihm. "Spiel ein bisschen mit deinen Nippeln."

Wir waren zu meinem Vergnügen hier, nicht zu ihr.

Ich fühlte, wie sein wütendes Knurren gegen meinen Schwanz vibrierte.

Ihre langen rot lackierten Nägel bewegten sich nach oben, verjüngten sich und zogen an ihren Brustwarzen.

Scheisse!

Ich musste an die am meisten vermasselte Schiedsrichterleistung aus dem gestrigen Spiel denken, um wieder die Kontrolle über meinen Geist zu erlangen.

Ich habe es schneller gefangen.

Sein Hals war eng um meinen Schwanz.

Sein Atem stockte.

Fick, fick.

Ich versuchte noch einmal über das Basketballspiel nachzudenken, konnte es aber nicht mehr.

Scheiße, ich würde ohne Heilmittel abspritzen.

Aber bevor ich konnte, packte sie meinen Schwanz und zog ihn aus ihrem Mund und setzte sich auf.

"Was zum Teufel!" Ich schrie fast und vergaß für einen Moment, wo wir waren.

Sie hustete und wischte sich den Speichel von den Lippen und zeigte mit einem Finger auf mein Gesicht.

"Ich kann das nicht mehr", sagte er mit heiserer Stimme, heiser von meiner Verwüstung in seiner Kehle.

"Was?" Ich war erstaunt. "Hast du noch ein Jobangebot? Bist du mit einem Trottel eingezogen?"

"Nein", sagte sie. "Schau, ich weiß, dass du mir schlechte Referenzen über mich selbst gegeben hast ... und du denkst, ich weiß nicht, wie ich immer Überstunden zu haben scheine, wenn ich mit jemandem ausgehe. Oder wie du plötzlich in meinem Haus auftauchst, um zu überprüfen, ob ich mit jemandem zusammen bin. Was für seltsame

Dinge, nur um sicherzugehen, dass er keinen Ausweg aus unserem Geschäft findet? "

"Schau" Scheiße, ich war hart und ich musste kommen. Das Letzte, was Mr. Polla oder ich wollten, war ein Streit. "Ich weiß, dass ich manchmal ein Idiot sein kann, aber ich habe mich um dich gekümmert, richtig? Ich bin ein Risiko eingegangen, als es sonst niemand getan hätte. Du bist einer der bestbezahlten Sekretärinnen hier, aber der bestbezahlte. Und am Tag des Sekretärs Wer immer die besten Geschenke haben?

"Das ist mir egal", sagte er. Gott, sie war wirklich verrückt. "Dieses Arrangement ist schon scheiße. Und wir müssen es mit etwas anderem lösen."

Er wollte über ihr unfreiwilliges Wortspiel lächeln, aber sie schien nicht sehr gut gelaunt zu sein.

Ich bin mir sicher, dass er es behalten wollte.

Sie war keine schlechte Sekretärin und unglaublich attraktiv, ganz zu schweigen von ihren mündlichen Fähigkeiten, die erheblich gewachsen waren.

Vor allem wollte Mr. Polla nicht, dass ich das Beste verpasse, was ihm passiert ist, seit ich als Teenager Masturbation entdeckt habe.

"Und mehr willst du?" Ich fragte ihn.

Ich erwartete, dass sie mich konfrontieren würde.

Ich streite mich eine Woche lang für einen Blowjob.

Nimm dir etwas Auszeit.

Lassen Sie mich versprechen, Ihnen einige gute Referenzen zu geben.

Stattdessen war ich überrascht, als sie sich über den Tisch beugte, diese langen, schönen Beine spreizte und sich mir zur Verfügung stellte.

KAPITEL 7

Es war offensichtlich, was er wollte, aber ich war immer noch ein bisschen wütend darüber, wie er mir die Situation kommentiert hatte.

Es tat nicht weh, dass er wieder die Kontrolle über die Situation hatte.

Anstatt sie wie Neuland zu ficken, neckte ich ihr heißes Loch mit dem Kopf meines Schwanzes.

Sie versuchte gegen mich zu taumeln, aber ich zog mich zurück und setzte mein Necken fort.

"Gloria", sagte ich. "Ich bin nicht sicher, was du willst. Warum sagst du es mir nicht?"

Sie versuchte sich wieder gegen mich zu drücken.

Wieder war klar, was er wollte, aber er wollte sie es sagen hören.

Sie grunzte, stöhnte und krümmte den Rücken.

Gott, sie war so verdammt sexy.

Allerdings hatte ich in den letzten zwei Jahren jeden Arbeitstag mindestens ein- oder zweimal gesaugt.

Ich fühlte mich in einer viel besseren Position als sie.

Und schließlich wurde er als richtig erwiesen.

"Diese Dinge interessieren mich nicht, ich brauche dich nur drinnen", keuchte er. "Ich brauche dich in mir. Ich brauche dich, um mich zu 'ficken'. Verdammt, ich brauche dich so sehr in meiner Muschi. Bitte, ich flehe dich an. Ugh, ich bin ... oh Gott, ich bin so verzweifelt."

Das war Musik für meine Ohren.

"Du warst verzweifelt nach einem Job und jetzt willst du unbedingt gefickt werden", sagte ich ihr und neckte immer noch ihre Muschi. "Persönlich mag ich unser aktuelles Arrangement. Aber du hast da unten eine heiße kleine Muschi. Stört es dich, wenn ich es als Beweis für dein Engagement für die Arbeit nehme?"

"Yesiiiii!" Sie stöhnte, als ich sie schlug und meinen harten Schwanz in sie schob. "Oh ja das ist es, fick mich. Fick mich hart."

"Still", zischte ich.

Gloria leckte sich ein paar Finger, um ihre Schreie zu unterdrücken, als ich mein Tempo beschleunigte.

Gott, sie war heiß und oh wie nass sie war!

Mein Schwanz schimmerte von seiner reichlich vorhandenen Milch.

Es dauerte nicht lange, bis mir klar wurde, dass ich in ihr platzen würde und ich war noch nicht bereit.

Also zog ich mich zurück und fing wieder an, sie zu ärgern.

Sie stöhnte bestürzt und versuchte sich zurückzuziehen und sich auf meinen Schwanz aufzuspießen.

KAPITEL 8

"Hmm, das war gut", sagte ich ihm. „Aber du merkst, dass du, indem du deine Muschi sozusagen auf die Leine legst, einfach alles reinlegst. . . "Ich schob meinen Schwanz in die Mitte ihrer engen Muschi, blieb stehen und zog sie dann komplett heraus." Und ich meine es ernst. "Ich bewegte meinen Schwanz etwa einen halben Zoll nach oben und drückte mich gegen den engen, verzogenen Anus an ihrem Arsch." Wie wäre es, wenn wir mit dem südlichen Teil spielen? Verstehst du was ich sage? Ich möchte jetzt schon eine Weile deinen Arsch schmecken. . . Mal sehen, welches Loch mir am besten gefällt. "

Gloria zog sich nicht zurück.

Stattdessen drückte sie sich gegen mich.

"Ähm, nur ähm, oh Gott, bitte tu mir nicht weh", stöhnte sie.

"Es sollte nicht zu weh tun, wie geschmiert du bist", beruhigte ich sie. "Versuch einfach dich zu entspannen." Und dann stieß ich in ihren engen Anus.

"Oh Gott. Oh Gott", keuchte sie und versuchte sich zurückzuziehen, aber mein Schreibtisch hielt sie zurück.

"Halt ihn unten", zischte ich.

Scheiße, was wollte er tun, um uns zu kriegen?

Ich für meinen Teil wurde langsamer und blieb stehen, als er mit meinem Schwanz halb in seinem Arsch steckte.

Ich muss Ihnen sagen, dass es pure Freude war.

Fest?

Enge, es beginnt nicht einmal zu beschreiben, was ich fühlte, als es auf ihrem Hintern war.

Es war, als hätte ich meinen Schwanz mit einem hungrigen Samthandschuh gemolken.

Ich habe es ein paar Mal sehr langsam genommen.

Langsam ein und aus.

Einfach jedes Mal halbieren.

Ich wünschte, ich hätte mehr getan, aber Gloria machte zu viel Lärm, selbst mit drei Fingern im Mund.

Sei einfach geduldig, sagte ich mir.

"Du hast einen heißen kleinen Arsch, Gloria", sagte ich und zog seinen Schwanz heraus. "Ich werde das noch einmal machen müssen. Ja, offensichtlich."

Ihr Hintern war so süß und ihr Anus war aufgebläht und rot.

Ich berührte es mit meinem Finger und ließ sie nur zum Spaß nach Luft schnappen.

Dann ging ich um den Schreibtisch herum und nahm seine Finger aus seinem Mund.

Sie wusste, was sie wollte, drehte aber den Kopf zur Seite und versuchte, es zu vermeiden.

"Komm schon Gloria", sagte ich. "Bei all den Löchern, Baby. Woher soll ich sonst wissen, welches Loch mir am besten gefällt? Außerdem muss ich hierher kommen, bevor ich wieder dahin komme, wo ich es hinstellen soll. Weißt du was ich meine, richtig?"

Sie untersuchte meinen Schwanz mit einem angewiderten Blick, aber am Ende wollte sie ihn mehr in ihrer Muschi als sie ihn nicht lutschen wollte.

Widerwillig öffnete er den Mund und nahm ihn.

Ich hielt ihren Mund ein paar Minuten lang, zog mich dann zurück und ging zurück auf die andere Seite des Tisches und drehte sie um.

Ihre Muschi hatte die perfekte Größe.

Ich ließ die Spiele aus und schob meinen Schwanz grob gegen sie.

Ich schlug ihre Muschi rechtzeitig zur Musik.

Sie wollte, dass sie wussten, dass sie gefickt worden war.

Gloria zuckte zusammen und stöhnte bei jedem Stoß.

"Spiel mit deiner Muschi und lutsch deine Finger, Baby", sagte ich zu ihr. "Ich mache mich bereit zum Abspritzen und ich möchte eine Augenweide."

Und ich war dem Cumming sehr nahe und kein phantasievolles Spiel oder Nachdenken über den Bericht, den ich in einer Stunde liefern musste, würde ihn weiter verzögern.

"Nimmst du die Pille, Gloria?" Fragte ich und zwang mich etwas langsamer zu werden.

Sie schüttelte den Kopf.

"Nein", murmelte sie.

"Aber du willst, dass ich in dich komme, oder?" Ich habe gefragt.

Sie schüttelte den Kopf, aber das sagte sie nicht.

"Ja", zischte sie.

Es kam nur als Flüstern heraus.

"Also sag es mir", drängte ich. "Sag mir, wo du es willst. Sag mir, was du willst, du dreckiger Dieb."

"Ich will es in meiner Muschi ... ich will, dass du in mich kommst."

Seine Hände packten meinen Hintern und drückten mich fest in sie hinein.

"Habe ich dir gesagt, du sollst aufhören mit dieser Muschi zu spielen?" Ich habe gefragt.

Sie schüttelte den Kopf, senkte die Hände wieder in den Schritt und nahm den alten Kreis um ihren Kitzler wieder auf.

"Schneller", forderte ich und mit einem Keuchen gehorchte sie gehorsam.

Mein Tempo nahm zu.

Verdammt, ich kam näher und sie war so verdammt schön.

Und die Kontrolle, die er über sie hatte, machte die Situation noch heißer als sie.

Sie war meine Sekretärin, meine letzte Sekretärin.

Strümpfe, Fußkettchen, Zehenring, Bauchnabelring, lange Nägel und dunkles Platinhaar waren alles für mich.

Es hätte für jeden Mann reichen sollen, und doch wollte er mehr.

"Ich möchte, dass du danach in die Klinik gehst und ein Rezept für die Pille bekommst, okay?" Ich packte sie an den Brustwarzen und zog.

"Ja", keuchte er.

"Wenn das?" Ich habe gefragt.

"Ja, mmm. Mr. Anderson."

"Dafür brauchen sie eine Prüfung, oder, Gloria?" Sagte.

Oh ja, das Sperma nahm jetzt zu.

Es würde bald sein.

"Ja, Mr. Anderson."

"Ich möchte, dass du dorthin gehst, wenn ich fertig bin, dich zu ficken, verstehst du?"

"Ähm, ja, Sir, Mr. Anderson."

Ihre langen Beine schlangen sich um meine Taille und zogen mich bei jedem Stoß zu sich.

Ihre Muschi drückte mich fest.

"Was werden sie davon halten, dass du mit viel Sperma auftauchst, huh Gloria? Und du solltest besser nicht im Weg sitzen, es sei denn, du willst den Ort wirklich nass verlassen", sagte ich ihr.

Ich konnte fühlen, wie meine Eier krampften.

Ich konnte mich nicht mehr zurückhalten, es war sie oder sie.

"Ugh. Ich werde ... wo willst du es? Wo willst du es?"

Seine Augen waren geschlossen und sein Gesicht vor Leidenschaft verzerrt.

"Auf mich! Auf mich! Oh Gott! Oh Gott! Komm auf meine Muschi! Beeil dich ... fick, fick ich gehe auch!" sie stöhnte.

Jesus, sie war laut.

Ich bedeckte ihren Mund mit meiner Hand, als ich sie weiter fickte und Spritzer nach Spritzer Sperma in ihre enge Muschi pumpte.

Ich fickte sie so hart ich konnte und warf Papiere vom Schreibtisch auf den Boden.

Gloria zuckte wie ein Bronco unter mir und hob ihren Hintern vom Schreibtisch, während sie meinen starken Griff zwischen ihren starken Schenkeln hielt.

Ich fühlte mich schwach, als ich fertig war, aber es gab noch viel zu tun.

Als ich aus ihr herauskam, legte ich ihre Hand auf ihre Muschi.

"Ertrage alles", befahl ich.

Dann half ich ihr, ihr Höschen anzuziehen.

Als er seine Hand bewegte, tropfte mein Sperma und befleckte seinen Schritt.

"Du wirst mich nicht ernsthaft dazu zwingen, oder?" Sie fragte.

"Oh ja", sagte ich. "Das wirst du. Und dann wirst du mir heute Abend alles darüber erzählen."

"Heute Abend?"

"Ja", sagte ich und küsste sie. "Heute Nacht, wenn ich dich wieder ficke."

"Bitte", bettelte er. "Lass mich das nicht tun ... sie werden es herausfinden ... und sie werden es verbreiten. Oh Gott, sie werden alles sehen. Was werden sie denken?" Er sah auf den Boden und weigerte sich, mich anzusehen.

"Sie werden denken, du hattest gerade den Teufel deines Lebens."

"B-aber was soll ich sagen?"

Ich hob ihr Kinn und zwang sie, mir in die Augen zu schauen.

"Sie werden sagen: Ja, Sir, Mr. Anderson."

Er biss sich auf eine zitternde Lippe.

Seine großen grünen Augen waren groß wie Untertassen.

"Ja, Sir, Mr. Anderson."

"Ich bin mir auch sicher, dass Ihnen etwas einfällt, das Sie dem Arzt oder der Krankenschwester sagen können. Sagen Sie ihnen, dass Sie auf dem Weg zum Mittagessen auf den Schwanz Ihres Chefs gefallen und dort gelandet sind", sagte ich und tätschelte ihm beim Gehen den Hintern. sanftmütig aus der Tür.

Oh ja, ein Chef zu sein hat seine Privilegien.

ENDE

www.ingramcontent.com/pod-product-compliance
Lightning Source LLC
LaVergne TN
LVHW091110150826
845673LV00002B/766